미당 서정주 전집

2

시

* 이 도서의 국립중앙도서관 출판예정도서목록(CIP)은 서지정보유통지원시스템 홈페이지(http:seoji.nl.go.kr)와 국가자료공동목록시스템(http://www.nl.go.kr/kolisnet)에서 이용하실 수 있습니다. (CIP제어번호: CIP2015015183)

미당 서정주 전집

2

시

질마재 신화

·

떠돌이의 시

·

서으로 가는 달처럼…

은행나무

'비 개인 아침 해에 가야금 소리로 피는 꽃을 아시는가'

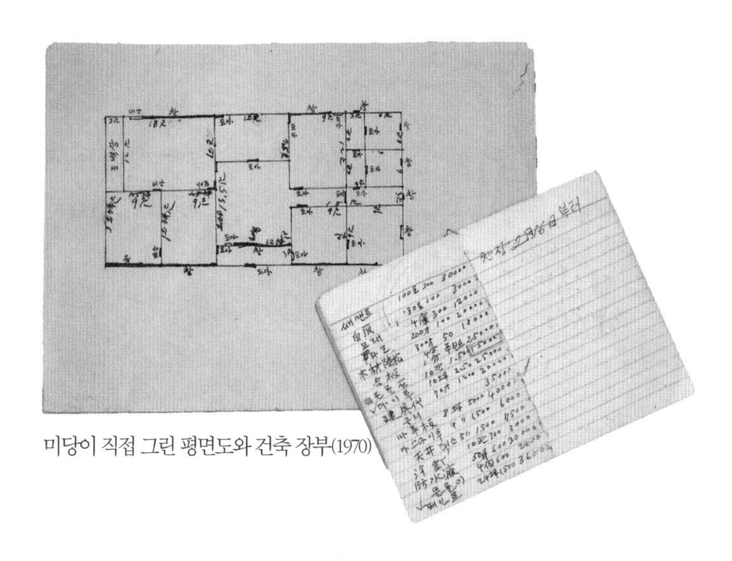

미당이 직접 그린 평면도와 건축 장부(1970)

관악구 남현동 봉산산방

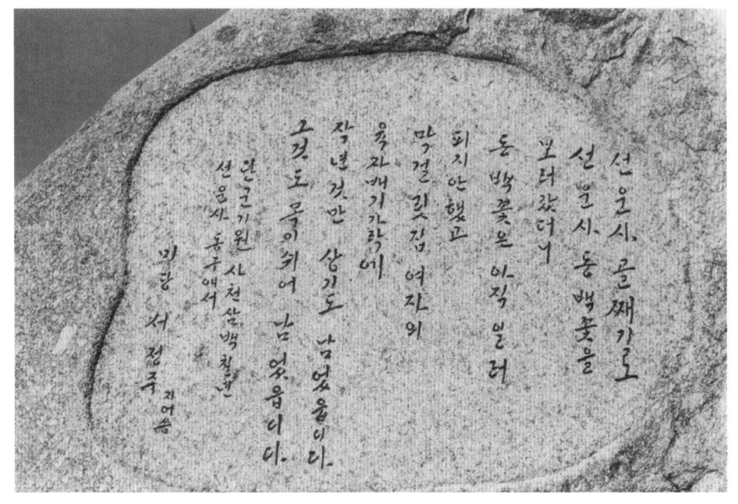

선운사 입구에 세워진 미당 친필 시비 「선운사 동구」(1974)

시비 제막식에서. 오른쪽부터 시인 김양식, 국어학자 김선기, 미당 부부, 소설가 황순원

부부의 여권

세계 일주 여행을 떠나며(1977)

파리 몽파르나스의 보들레르 묘비에서
시인 임성조와 함께(1978)

세계의 민화를 옮겨 쓴 영어 공부 노트

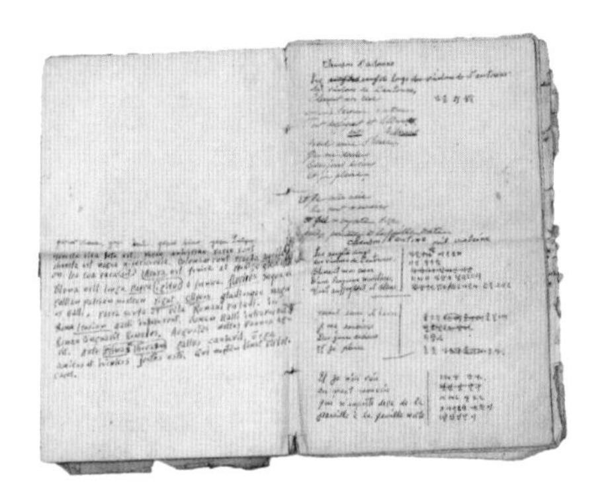

폴 베를렌의 「가을의 노래」를 번역한 프랑스어 공부 노트

발간사

미당 서정주 선생의 탄신 100주년을 맞이하여 선생의 모든 저작을 한곳에 모아 전집을 발간한다. 이는 선생께서 서쪽 나라로 떠나신 후 지난 15년 동안 내내 벼르던 일이기도 하다. 선생의 전집을 발간하여 그분의 지고한 문학세계를 온전히 보존함은 우리 시대의 의무이자 보람이며, 나아가 세상의 경사라 하겠다.

미당 선생은 1915년 빼앗긴 나라의 백성으로 태어나셨다. 우울과 낙망의 시대를 방황과 반항으로 버티던 젊은 영혼은 운명적으로 시인이 되었다. 그리고 23살 때 쓴 「자화상」에서 "나를 키운 건 팔할이 바람이다"라고 외쳤고, 이어서 27살에 『화사집』이라는 첫 시집으로 문학적 상상력의 신대륙을 발견하여 한국문학의 역사를 바꾸었다. 그 후 선생의 시적 언어는 독수리의 날개를 달고 전통의 고원을 높게 날기도 했고, 호랑이의 발톱을 달고 세상의 파란만장과 삶의 아이러니를 움켜쥐기도 했고, 용의 여의주를 쥐고 온갖 고통과 시련을 지극한 아름다움으로 바꾸어 놓기도 했다. 선생께서는 60여 년 동안 천 편에 가까운 시를 쓰셨는데, 그 속에 담겨 있는 아름다움과 지혜는 우리 겨레의 자랑거리요, 보물이 아닐 수 없다. 선생은 겨레의 말을 가장 잘 구사한 시인이요, 겨레의 고운 마음을 가장 잘 표현한 시인이다. 우리가 선생의 시를 읽는 것은 겨레의 말과 마음을 아주 깊고 예민한 곳에서 만나는 일이 되며, 겨레의 소중한 문화재를 보존하는 일이 된다.

미당 선생께서 남기신 글은 시 아닌 것이라도 눈여겨볼 만하다. 선생의 문재文才와 문체文體는 유별나서 어떤 종류의 글이라도 범상치 않다. 평론이나 논문에는 남다른 통찰이 번뜩이고 소설이나 옛이야기에는 미당 특유의 해학과 여유 그리고 사유가 펼쳐진다. 특히 '문학적 자서전'과 같은 산문은 문체를 통해 전달되는 기미와 의미와 재미가 풍성하여 미당 문체의 진미를 맛볼 수 있다. 미당 문학 가운데에서 물론 미당 시가 으뜸이지만, 다른 글들도 소중하게 대접받아야 할 충분한 까닭이 있다. 『미당 서정주 전집』은 있는 글을 다 모은 것이기도 하지만 모두 소중해서 다 모은 것이기도 하다.

미당 선생 생전에 『서정주문학전집』이 일지사에서, 『미당 시전집』이 민음사에서 간행된 바 있다. 벌써 몇십 년 전의 일이다. 오늘의 관점에서 보면 그 책들은 수록 작품의 양이나 정본의 측면에서 아쉬움이 많다. 지난 몇 년 동안, 본 간행위원회에서는 온전한 전집을 만들기 위해서 많은 수고를 아끼지 않았다. 서고의 먼지 속에서 보낸 시간도 시간이지만 여러 판본을 두고 갑론을박한 시간도 만만치 않았다. 특히 미당 시의 정본을 확정하고자 미당 선생의 시작 노트나 육성까지 찾아서 참고하고 원로 문인들의 도움도 구하는 등 번다와 머뭇거림을 마다하지 않았다. 참으로 조심스러운 궁구를 다하였으니, 앞으로 미당 시를 인용할 때 이 전집에 의존하는 경우가 점점 많아지기를 바랄 뿐이다.

한편으로, 미당 전집의 출간은 두려운 일이다. 그것은 미당 선생의 모든 작품을 제대로 보여 준다는 형식적 의미를 지니기 때문이다. 세상에 어떤 전집이 있어 미당 선생의 모든 작품을 제대로 보여줄 수 있을 것인가? 우리에게도 그것은 현실이 못되고 희망이겠지만 그래도 우리는 그 희망에 최대한 가까이 가고자 했다. 우리가 그 희망에 얼마만큼 근접했는지는 앞으로의 세월이 증명해 줄 것이다. 다만 지금으로서는 지극한 정성과 불안한 겸손이 우리의 몫일 따름이다.

마지막으로 감히 말하건대, 우리는 미당의 전집 간행을 긍지와 사명감으로 하고자 했다. 우리는 미당을 통해서 이 세상에는 아주 특별한 것이 아주 드물게 존재함을 알게 되었다. 그리고 그 특별하고 드문 것을 우리 손으로 정리해서 한곳에 안정시키는 일에 관여하는 기쁨을 누렸다. 우리의 기쁨이 보람이 있어 세상의 기쁨이 된다면 그 기쁨은 곱이 될 것이다. 아니 그보다 미당의 문학이 이 세상에서 제 몫의 대접을 받게 된다면 우리는 사필귀정事必歸正이라는 네 글자를 진리로 받들면서 더 큰 기쁨을 누릴 것이다.

미당 선생 탄생 100주년이 되는 해의 유월에
미당 서정주 전집 간행위원회

이남호, 이경철, 윤재웅, 전옥란, 최현식

차례

제7시집 **떠돌이의 시**

정말

시사시 편

산문시

떠돌이의 시

제8시집 **서으로 가는 달처럼…**

4 아프리카 편

5 유럽 편

일러두기

1. 이 시 전집은 서정주 시(950편)의 정본을 확정하고자 한다. 『화사집』(남만서고, 1941) 『귀촉도』(선문사, 1948) 『서정주시선』(정음사, 1956) 『신라초』(정음사, 1961) 『동천』(민중서관, 1968) 『서정주문학전집』(일지사, 1972) 『질마재 신화』(일지사, 1975) 『떠돌이의 시』(민음사, 1976) 『서으로 가는 달처럼…』(문학사상사, 1980) 『학이 울고 간 날들의 시』(소설문학사, 1982) 『안 잊히는 일들』(현대문학사, 1983) 『노래』(정음문화사, 1984) 『팔할이 바람』(혜원출판사, 1988) 『산시』(민음사, 1991) 『늙은 떠돌이의 시』(민음사, 1993) 『80소년 떠돌이의 시』(시와시학사, 1997)를 저본으로 삼았다.

1-1. 『서정주시선』에 재수록된 『화사집』과 『귀촉도』의 작품은 『서정주시선』 본을 기준으로 삼았다.

1-2. 『서정주문학전집』 '신라초'에 추가된 4편을 이번 전집에 포함했다. 시집 『질마재 신화』 2부 '노래'에 실린 12편은 이 전집의 『질마재 신화』에서 제외하고 『노래』에 수록했다. 『80소년 떠돌이의 시』는 시집 2판(2001년)에 추가된 3편을 포함했다.

2. 판본마다 표기가 다른 경우, 첫 발표지와 초판 시집, 『서정주시선』 『서정주문학전집』 『서정주육필시선』(문학사상사, 1975), 시작 노트 등을 종합 비교하여 시인의 의도가 가장 잘 반영된 것으로 보이는 표기를 선택했으며, 시인이 직접 교정한 것이 확실한 경우 반영하고 편집자주를 달았다.

3. 원문의 세로쓰기는 가로쓰기로 바꾸었으며, 띄어쓰기는 특별한 경우가 아니면 현대 표기법에 따랐다. 한자는 한글로 바꾸고 뜻의 파악을 위해 필요한 경우에만 함께 적었다.

4. 작품의 소릿값 존중을 원칙으로 하되, 소리의 차이가 없는 경우 표준어로 바꾸었다.

5. 미당 특유의 시적 표현(사투리, 옛말 등)은 살리고, 한글 맞춤법 통일안에 어긋난 표기와 명백한 오·탈자는 바로잡았다.

6. 외국의 국명·지명·인명은 외래어 표기법에 따르지 않고 시인의 표현을 그대로 따랐다.

7. 원본 시집의 각주는 *로 표시했고, 그 외는 편집자주라고 밝혔다.

8. 단행본과 잡지 제목은 『 』, 시와 소설은 「 」, 노래, 그림, 연극 등은 〈 〉로 표기하였으며, 신문명은 부호를 넣지 않았다.

9. 시집에 실린 자서, 후기, 시인의 말, 머리말은 '시인의 말'로 통일하여 각 시집 편 맨 앞에 넣었다.

10. 부록으로 서정주 연보는 제3권, 작품 연보는 제4권, 수록시 총색인은 제5권에 수록했다.

제6시집

질마재 신화

시인의 말

내 마음속인즉 꼭 열일곱 살만 할 뿐인데, 벌써 회갑이 되었다고 가까운 후배들이 이걸 기념하여 시집을 또 한 권 내자고 해서 그러기로 하고 제목하여 『질마재 신화』라 한다. 이 『질마재 신화』는 근년 『현대문학』지와 『시문학』지에 연재해 온 산문시들로 제목의 그 '질마재'는 내가 생겨난 고향 마을의 이름이다. 이 마을의 동쪽에 '질마재'라는 산이 있어 마을에도 그 이름이 붙게 된 것이다.

제2부를 이루는 노래들은 1973년 한 해 동안 잡지 『월간중앙』의 권두시로 매달 연재했던 것으로, 작곡되어 노래 불리어지기를 바래 자수를 맞춘 정형시로 쓴 것들이다.

이 책의 인행印行을 맡아 주신 일지사가 고마웁다.

1975년 중춘仲春
관악산 봉산산방에서

* 편집자주—시집 『질마재 신화』 제2부 '노래'에 실린 12편은 이 전집의 『노래』 편에 수록한다.

신부新婦

신부는 초록 저고리 다홍치마로 겨우 귀밑머리만 풀리운 채 신랑하고 첫날밤을 아직 앉아 있었는데, 신랑이 그만 오줌이 급해져서 냉큼 일어나 달려가는 바람에 옷자락이 문돌쩌귀에 걸렸습니다. 그것을 신랑은 생각이 또 급해서 제 신부가 음탕해서 그 새를 못 참아서 뒤에서 손으로 잡아다리는 거라고, 그렇게만 알곤 뒤도 안 돌아보고 나가 버렸습니다. 문돌쩌귀에 걸린 옷자락이 찢어진 채로 오줌 누곤 못 쓰겠다며 달아나 버렸습니다.

그러고 나서 사십 년인가 오십 년이 지나간 뒤에 뜻밖에 딴 볼일이 생겨 이 신부네 집 옆을 지나가다가 그래도 잠시 궁금해서 신부 방 문을 열고 들여다보니 신부는 귀밑머리만 풀린 첫날밤 모양 그대로 초록 저고리 다홍치마로 아직도 고스란히 앉아 있었습니다. 안쓰러운 생각이 들어 그 어깨를 가서 어루만지니 그때서야 매운재가 되어 폭삭 내려앉아 버렸습니다. 초록 재와 다홍 재로 내려앉아 버렸습니다.

해일海溢

바닷물이 넘쳐서 개울을 타고 올라와서 삼대 울타리 틈으로 새어 옥수수밭 속을 지나서 마당에 흥건히 고이는 날이 우리 외할머니네 집에는 있었습니다. 이런 날 나는 망둥이 새우 새끼를 거기서 찾노라고 이빨 속까지 너무나 기쁜 종달새 새끼 소리가 다 되어 알발로 낄낄거리며 쫓아다녔습니다만, 항시 누에가 실을 뽑듯이 나만 보면 옛날이야기만 무진장 하시던 외할머니는, 이때에는 웬일인지 한 마디도 말을 않고 벌써 많이 늙은 얼굴이 엷은 노을빛처럼 불그레해져 바다 쪽만 멍하니 넘어다보고 서 있었습니다.

그때에는 왜 그러시는지 나는 아직 미처 몰랐습니다만, 그분이 돌아가신 인제는 그 이유를 간신히 알긴 알 것 같습니다. 우리 외할아버지는 배를 타고 먼 바다로 고기잡이 다니시던 어부로, 내가 생겨나기 전 어느 해 겨울의 모진 바람에 어느 바다에선지 휘말려 빠져 버리곤 영영 돌아오지 못한 채로 있는 것이라 하니, 아마 외할머니는 그 남편의 바닷물이 자기 집 마당에 몰려 들어오는 것을 보고 그렇게 말도 못하고 얼굴만 붉어져 있었던 것이겠지요.

상가수上歌手의 소리

질마재 상가수의 노랫소리는 답답하면 열두 발 상무를 젓고, 따분하면 어깨에 고깔 쓴 중을 세우고, 또 상여면 상여머리에 뙤약볕 같은 놋쇠 요령 흔들며, 이승과 저승에 뻗쳤습니다.

그렇지만, 그 소리를 안 하는 어느 아침에 보니까 상가수는 뒷간 똥오줌 항아리에서 똥오줌 거름을 옮겨 내고 있었는데요. 왜, 거, 있지 않아, 하늘의 별과 달도 언제나 잘 비치는 우리네 똥오줌 항아리, 비가 오나 눈이 오나 지붕도 앗세 작파해 버린 우리네 그 참 재미있는 똥오줌 항아리, 거길 명경明鏡으로 해 망건 밑에 염발질을 열심히 하고 서 있었습니다. 망건 밑으로 흘러내린 머리털들을 망건 속으로 보기 좋게 밀어 넣어 올리는 쇠뿔 염발질을 점잔하게 하고 있어요.

명경도 이만큼은 특별나고 기름져서 이승 저승에 두루 무성하던 그 노랫소리는 나온 것 아닐까요?

소자 이 생원네 마누라님의 오줌 기운

소자小者 이 생원네 무우밭은요. 질마재 마을에서도 제일로 무성하고 밑둥거리가 굵다고 소문이 났었는데요. 그건 이 소자 이 생원네 집 식구들 가운데서도 이 집 마누라님의 오줌 기운이 아주 센 때문이라고 모두들 말했습니다.

옛날에 신라 적에 지도로대왕은 연장이 너무 커서 짝이 없다가 겨울 늙은 나무 밑에 장고만 한 똥을 눈 색시를 만나서 같이 살았는데, 여기 이 마누라님의 오줌 속에도 장고만큼 무우밭까지 고무시키는 무슨 그런 신바람도 있었는지 모르지. 마을의 아이들이 길을 빨리 가려고 이 댁 무우밭을 밟아 질러가다가 이 댁 마누라님한테 들키는 때는 그 오줌의 힘이 얼마나 센가를 아이들도 할 수 없이 알게 되었습니다. "네 이놈 게 있거라. 저놈을 사타구니에 집어넣고 더운 오줌을 대가리에다 몽땅 깔기어 놀라!" 그러면 아이들은 꿩 새끼들같이 풍기어 달아나면서 그 오줌의 힘이 얼마나 더울까를 똑똑히 잘 알밖에 없었습니다.

그 애가 물동이의 물을
한 방울도 안 엎지르고 걸어왔을 때

그 애가 샘에서 물동이에 물을 길어 머리 위에 이고 오는 것을 나는 항용 모시밭 사잇길에 서서 지켜보고 있었는데요. 동이 갓의 물방울이 그 애의 이마에 들어 그 애 눈썹을 적시고 있을 때는 그 애는 나를 거들떠보지도 않고 그냥 지나갔지만, 그 동이의 물을 한 방울도 안 엎지르고 조심해 걸어와서 내 앞을 지날 때는 그 애는 내게 눈을 보내 나와 눈을 맞추고 빙그레 소리 없이 웃었습니다. 아마 그 애는 그 물동이의 물을 한 방울도 안 엎지르고 걸을 수 있을 때만 나하고 눈을 맞추기로 작정했던 것이겠지요.

신발

나보고 명절날 신으라고 아버지가 사다 주신 내 신발을 나는 먼 바다로 흘러내리는 개울물에서 장난하고 놀다가 그만 떠내려 보내 버리고 말았습니다. 아마 내 이 신발은 벌써 변산 콧등 밑의 개 안을 벗어나서 이 세상의 온갖 바닷가를 내 대신 굽이치며 놀아다니고 있을 것입니다.

아버지는 이어서 그것 대신의 신발을 또 한 켤레 사다가 신겨 주시긴 했습니다만, 그러나 이것은 어디까지나 대용품일 뿐, 그 대용품을 신고 명절을 맞이해야 했었습니다.

그래, 내가 스스로 내 신발을 사 신게 된 뒤에도 예순이 다 된 지금까지 나는 아직 대용품으로 신발을 사 신는 습관을 고치지 못한 그대로 있습니다.

외할머니의 뒤안 툇마루

외할머니네 집 뒤안에는 장판지 두 장만큼 한 먹오딧빛 툇마루가 깔려 있습니다. 이 툇마루는 외할머니의 손때와 그네 딸들의 손때로 날이 날마닥 칠해져 온 것이라 하니 내 어머니의 처녀 때의 손때도 꽤나 많이는 묻어 있을 것입니다마는, 그러나 그것은 하도나 많이 문질러서 인제는 이미 때가 아니라, 한 개의 거울로 번질번질 닦이어져 어린 내 얼굴을 들이비칩니다.

그래, 나는 어머니한테 꾸지람을 되게 들어 따로 어디 갈 곳이 없이 된 날은, 이 외할머니네 때거울 툇마루를 찾아와, 외할머니가 장독대 옆 뽕나무에서 따다 주는 오디 열매를 약으로 먹어 숨을 바로 합니다. 외할머니의 얼굴과 내 얼굴이 나란히 비치어 있는 이 툇마루에까지는 어머니도 그네 꾸지람을 가지고 올 수 없기 때문입니다.

눈들 영감의 마른 명태

'눈들 영감 마른 명태 자시듯'이란 말이 또 질마재 마을에 있는데요. 참, 용해요. 그 딴딴히 마른 뼈다귀가 억센 명태를 어떻게 그렇게는 머리끝에서 꼬리끝까지 쬐끔도 안 남기고 목구멍 속으로 모조리 다 우물거려 넘기시는지, 우아랫니 하나도 없는 여든 살짜리 늙은 할아버지가 정말 참 용해요. 하루 몇십 리씩의 지게 소금장수인 이 집 손자가 꿈속의 어쩌다가의 떡처럼 한 마리씩 사다 주는 거니까 맛도 무척 좋을 테지만, 그 사나운 뼈다귀들을 다 어떻게 속에다 따 담는지 그건 용해요.

이것도 아마 이 하늘 밑에서는 거의 없는 일일 테니 불가불 할 수 없이 신화의 일종이겠습죠? 그래서 그런지 아닌 게 아니라 이 영감의 머리에는 꼭 귀신의 것 같은 낡디낡은 탕건이 하나 얹히어 있었습니다. 똥구녁께는 얼마나 많이 말라 째져 있었는지, 들여다보질 못해서 거까지는 모르지만……

내가 여름 학질에 여러 직 앓아 영 못 쓰게 되면

내가 여름 학질에 여러 직 앓아 영 못 쓰게 되면 아버지는 나를 업어다가 산과 바다와 들녘과 마을로 통하는 외진 네 갈림길에 놓인 널찍한 바위 우에다 얹어 버려 두었습니다. 빨가벗은 내 등때기에다간 복숭아 푸른 잎을 밥풀로 짓이겨 붙여 놓고, "꼼짝 말고 가만히 엎드렸어. 움직이다가 복사잎이 떨어지는 때는 너는 영 낫지 못하고 만다"고 하셨습니다.

누가 그 눈을 깜짝깜짝 몇천 번쯤 깜짝거릴 동안쯤 나는 그 뜨겁고도 오슬오슬 추운 바위와 하늘 사이에 다붙어 엎드려서 우아랫니를 이어 맞부딪치며 들들들들 떨고 있었습니다. 그래, 그게 뜸할 때쯤 되어 아버지는 다시 나타나서 홑이불에 나를 둘둘 말아 업어 갔습니다.

그래서 나는 다시 고스란히 성하게 산 아이가 되었습니다.

이삼만이라는 신

질마재 사람들 중에 글을 볼 줄 아는 사람은 드물지마는, 사람이 무얼로 어떻게 신이 되는가를 요량해 볼 줄 아는 사람은 퍽이나 많습니다.

이조 영조 때 남몰래 붓글씨만 쓰며 살다 간 전주 사람 이삼만이도 질마재에선 시방도 꾸준히 신 노릇을 잘하고 있는데, 그건 묘하게도 여름에 징그러운 뱀을 쫓아내는 소임으로섭니다.

음 정월 처음 뱀날이 되면, 질마재 사람들은 먹글씨 쓸 줄 아는 이를 찾아가서 이삼만李三晩 석 자를 많이 많이 받아다가 집 안 기둥들의 밑둥마닥 다닥다닥 붙여 두는데, 그러면 뱀들이 기어올라 서다가도 그 이상 더 넘어선 못 올라온다는 신념 때문입니다. 이삼만이가 아무리 죽었기로서니 그 붓 기운을 뱀아 넌들 행여 잊었겠느냐는 것이지요.

글도 글씨도 모르는 사람들투성이지만, 이 요량은 시방도 여전합니다.

간통사건과 우물

간통사건이 질마재 마을에 생기는 일은 물론 꿈에 떡 얻어먹기같이 드물었지만 이것이 어쩌다가 주마담走馬痰 터지듯이 터지는 날은 먼저 하늘은 아파야만 하였습니다. 한정 없는 땡삐 떼에 쏘이는 것처럼 하늘은 웨―하니 쏘여 몸써리가 나야만 했던 건 사실입니다.

"누구네 마누라허고 누구네 남정네허고 붙었다네!" 소문만 나는 날은 맨 먼저 동네 나팔이란 나팔은 있는 대로 다 나와서 "뚜왈랄랄 뚜왈랄랄" 막 불어자치고, 꽹과리도, 징도, 소고도, 북도 모조리 그대로 가만있진 못하고 퉁기쳐 나와 법석을 떨고, 남녀노소, 심지어는 강아지 닭들까지 풍겨져 나와 외치고 달리고, 하늘도 아플밖에는 별 수가 없었습니다.

마을 사람들은 아픈 하늘을 데불고 가축 오양깐으로 가서 가축용의 여물을 날라 마을의 우물들에 모조리 뿌려 메꾸었습니다. 그러고는 이 한 해 동안 우물물을 어느 것도 길어 마시지 못하고, 산골에 들판에 따로따로 생수 구멍을 찾아서 갈증을 달래어 마실 물을 대어 갔습니다.

단골무당네 머슴아이

세상에서도 제일로 싸디싼 아이가 세상에서도 제일로 천한 단골무당네 집 꼬마둥이 머슴이 되었습니다. 단골무당네 집 노란 똥개는 이 아이보단 그래도 값이 비싸서, 끄니마닥 은어먹는 물누렁지 찌끄레기도 개보단 먼저 차례도 오지는 안했습니다.

단골무당네 장고와 소고, 북, 징과 징채를 늘 항상 맡아 가지고 메고 들고, 단골무당 뒤를 졸래졸래 뒤따라 다니는 게 이 아이의 직업이었는데, 그러자니, 사람마닥 직업에 따라 이쿠는 눈웃음—그 눈웃음을 이 아이도 따로 하나 만들어 지니게는 되었습니다.

"그 아이 웃음 속엔 벌써 영감이 아흔아홉 명은 들어앉았더라"고 마을 사람들은 말하더니만 "저 아이 웃음을 보니 오늘은 싸락눈이라도 한 줄금 잘 내리실라는가 보다"고 하는 데까지 가게 되었습니다. "이놈의 새끼야. 이 개만도 못한 놈의 새끼야. 네놈 웃는 쌍판이 그리 재수가 없으니 이 달은 푸닥거리 하자는 데도 이리 줄어들고 만 것이라……" 단골무당네까지도 마침내는 이 아이의 웃음에 요렇게쯤 말려들게 되었습니다.

그리하여 이 아이는 어느 사이 제가 이 마을의 그 교주가 되었다는 것을 알았는지 몰랐는지, 어언간에 그 쓰는 말투가 홰딱 달라져 버렸습니다.

"……헤헤에이, 제밀헐 것! 괜스리는 씨월거려 쌓능구만 그리여. 가만히 그만 있지나 못허고……" 저의 집주인—단골무당보고도 요렇게 어른 말씀을 하게 되었습니다.

그렇게쯤 되면서부터 이 아이의 장고, 소고, 북, 징과 징채를 메고 다니는 걸음걸이는 점 점 점 더 점잔해졌고, 그의 낯의 웃음을 보고서 마을 사람들이 점치는 가짓수도 또 차차로히 늘어났습니다.

까치마늘

옛날 옛적에 하누님의 아들 환웅님이 신붓감을 고르려고 백두산 중턱에 내려와서 어쩡거리고 있을 적에, 곰하고 호랑이만 그 신붓감 노릇을 지망한 게 아니라 사실은 까치도 그걸 지망했던 것이라는 이야기가 있습니다.

곰허고 호랑이가 쑥허고 마늘을 먹으면서, 쓰고 아린 것 잘 견디는 사람 되는 연습을 하고 있을 때, 사실은 까치도 그 옆에 따로 한 자리 벌이고 그걸 해 보기로 하고 있긴 있었지마는, 쑥은 그대로 먹을 수가 있었어도, 진짜 마늘은 너무나 아려서 차마 먹지를 못하고 안 아린 까치마늘이라는 걸로 대용을 하고 있었다는 이야기가 있습니다.

그래서 곰만이 혼자 잘 참아 내서 덩그랗게 하누님의 며느리가 되었을 때, 너무나 쓰고 아린 걸 못 참아서 날뛰어 달아난 호랑이는 지금도 여전히 사람들한테도 대들고 으르렁거리게 되었지만, 까치는 그래도 못 견딜 걸 먹지는 안했기 때문에, 말씨도 행동거지도 아직도 상냥한 채로 새 사람이 보일 때마다 반갑고도 안타까와 짹짹거리고 가까이 온다는 것입니다. 새 손님이 어느 집에 올 기미가 보일 때마다, 한 걸음 앞서 날아와선 짹짹거리지 않고는 못 견딘다는 것입니다.

까치마늘은 음 삼월 보리밭 속에 겨우 끼어 꽃이 피는데, 하늘빛은 어느 만큼 하늘빛이지만, 아조 웃기게 가느다란 분홍 줄이 거기 그어져 있습니다. 이건 물론 까치하고 아이들 것이지요만 무엇이 보고 싶기사 여중 3학년짜리만큼 무척은 무척은 보고 싶은 것이지요.

분질러 버린 불칼

여름 하늘 쏘내기 속의 천둥 번개나 벼락을 많은 질마재 사람들은 언제부턴가 무서워하지 않는 버릇이 생겨 있습니다.

여자의 아이 낳는 구멍에 말뚝을 박아서 멀찌감치 내던져 버리는 놈 허고 이걸 숭내 내서 갓 자라는 애기 호박에 말뚝을 박고 다니는 애녀석들만 빼놓고는 인젠 아무도 벼락을 무서워하는 사람은 거의 없이 되어서, 아무리 번개가 요란한 궂은 날에도 삿갓은 내리는 빗속에 머웃잎처럼 자유로이 들에 돋게 되었습니다.

변산의 역적 구섬백이가 그 벼락의 불칼을 분질러 버렸다고도 하고, 갑오년 동학란 때 고부 전봉준이가 그랬다고도 하는데, 그건 똑똑힌 알 수 없지만, 벌도 벌도 웬놈의 벌이 백성들한텐 그리도 많은지, 역적 구섬백이와 전봉준 그 둘 중에 누가 번개 치는 날 일부러 우물 옆에서 똥을 누고 앉았다가, 벼락의 불칼이 내리치는 걸 잽싸게 붙잡아서 몽땅 분질러 버렸기 때문이라는 이얘깁니다.

그렇지만 삿갓을 머웃잎처럼 쓰고 쏘내기의 번갯불 속에 나설 용기가 없는 아이들이나 어른들은 하나 둘 셋 넷에서 열까지 그들의 숨소리를 거듭거듭 되풀이해서 세며 쏘내기 속의 그 천둥이 멎도록 방에 들어 있어야 합니다. '하나, 둘, 셋, 넷, 다섯, 여섯, 일곱, 여덟, 아홉, 열' 그렇게 세는 것이 아니라 '한나, 만나, 청국淸國, 대국大國, 얼기빗, 참빗,

호좆, 말좆, 벙거지, 털렁' 그렇게 세야 하는 것인데, 이 셈법 이것은 이조 때 호인胡人놈들이 무지무지하게 쳐들어와서 막 직딱거릴 때 생긴 거라고 해요. '청국 대국놈 한나 만나서 호좆 말좆에 얼기빗 참빗의 건절巾節이고 무어고 다 소용도 없이 되고, 치사한 권력 벙거지만 털렁털렁 지랄이구나' 아마 그쯤 되는 뜻이겠지요. 한나. 만나. 청국. 대국. 얼기빗. 참빗. 호좆. 말좆. 벙거지. 털렁……

박꽃 시간

옛날 옛적에 중국이 꽤나 점잔했던 시절에는 '수염 쓰다듬는 시간'이라는 시간 단위가 다 사내들한테 있었듯이, 우리 질마재 여자들에겐 '박꽃 때'라는 시간 단위가 언젠가부터 생겨나서 시방도 잘 쓰여져 오고 있습니다.

"박꽃 핀다 저녁밥 지어야지 물 길러 가자." 말하는 걸로 보아 박꽃 때는 하로 낮 내내 오물었던 박꽃이 새로 피기 시작하는 여름 해 어스럼이니, 어느 가난한 집에도 이때는 아직 보리쌀이라도 바닥나진 안해서, 먼 우물물을 동이로 여나르는 여인네들의 눈에서도 간장肝臟에서도 그 그뜩한 순백의 박꽃 시간을 우그러뜨릴 힘은 하늘에도 땅에도 전연 없었습니다.

그렇지마는, 혹 흥부네같이 그 겉보리쌀마저 동나 버린 집안이 있어 그 박꽃 시간의 한 귀퉁이가 허전하게 되면, 강남서 온 제비가 들어 그 허전한 데서 파다거리기도 하고 그 파다거리는 춤에 부쳐 "그리 말어, 흥부네. 오곡백과도 상평통보도 금은보화도 다 그 박꽃 열매 바가지에 담을 수 있는 것 아닌갑네." 잘 타일러 알아듣게도 했습니다.

그래서 이 박꽃 시간은 아직 우구러지는 일도 뒤틀리는 일도, 덜어지는 일도 더하는 일도 없이 꼭 그 순백의 금 질량 그대로를 잘 지켜 내려오고 있습니다.

말피

이 땅 우의 장소에 따라, 이 하늘 속 시간에 따라, 정들었던 여자나 남자를 떼내 버리는 방법에도 여러 가지가 있겠습죠.

그런데 그것을 우리 질마재 마을에서는 뜨끈뜨끈하게 매운 말피를 그런 둘 사이에 쫘악 검붉고 비리게 뿌려서 영영 정떨어져 버리게 하기도 했습니다.

모시밭 골 감나뭇집 설막동이네 과부 어머니는 마흔에도 눈썹에서 쌍긋한 제물향이 스며날 만큼 이뻤었는데, 여러 해 동안 도깝이란 별명의 사잇서방을 두고 전답 마지기나 좋이 사들인다는 소문이 그윽하더니, 어느 저녁엔 대사립문에 인줄을 늘이고 뜨끈뜨끈 맵고도 비린 검붉은 말피를 쫘악 그 언저리에 두루 뿌려 놓았습니다.

그래 아닌 게 아니라, 밤에 등불 켜 들고 여기를 또 찾아들던 놈팽이는 금방에 정이 새파랗게 질려서 "동네방네 사람들 다 들어 보소…… 이부자리 속에서 정들었다고 예편네들 함부로 믿을까 무섭네……" 한바탕 왜장치고는 아조 떨어져 나가 버렸다니 말씀입지요.

이 말피 이것은 물론 저 신라 적 김유신이가 천관녀 앞에 타고 가던 제 말의 목을 잘라 뿌려 정떨어지게 했던 그 말피의 효력 그대로여서, 이조를 거쳐 일정 초기까지 온 것입니다마는 어떨갑쇼? 요새의 그 시시껄렁한 여러 가지 이별의 방법들보단야 그래도 이게 훨씬 찐하기도 하고 좋지 않을깝쇼?

지연紙鳶 승부

'싸움에는 이겨야 멋'이란 말은 있습지요만 '져야 멋'이란 말은 없사옵니다. 그런데 지는 게 한결 더 멋이 되는 일이 음력 정월 대보름날이면 이 마을에선 하늘에 만들어져 그게 일 년 내내 커어다란 한 뻰보기가 됩니다.

승부는 끈질겨야 하는 거니까 산해의 끈질긴 것 가운데서도 가장 끈질긴 깊은 바닷속의 민어 배 속의 부레를 꺼내 풀을 끓이고, 또 승부엔 날카론 서슬의 날이 잘 서 있어야 하는 거니까 칼날보다 더 날카로운 새금파리들을 모아 찧어 서릿발같이 자자란 날들을 수없이 만들고, 승부는 또 햇빛에 비쳐 보아 곱기도 해야 하는 것이니까 고은 빛갈 중에서도 얌전하게 고은 치자의 노랑 물도 옹기솥에 끓이고, 그래서는 그 승부의 연실에 우선 몇 번이고 거듭 번갈아서 먹여야 합죠.

그렇지만 선수들의 연자새의 그 긴 연실들 끝에 매달은 연들을 마을에서 제일 높은 산봉우리 우에 날리고, 막상 승부를 겨루어 서로 걸고 재주를 다하다가, 한쪽 연이 그 연실이 끊겨 나간다 하드래도, 패자는 "졌다"는 탄식 속에 놓이는 게 아니라 그 반대로 해방된 자유의 끝없는 항행 속에 비로소 들어섭니다. 산봉우리 우에서 버둥거리던 연이 그 끊긴 연실 끝을 단 채 하늘 멀리 까물거리며 사라져 가는데, 그 마음을 실어 보내면서 '어디까지라도 한번 가 보자'던 전 신라 때부터의 한결 같은 유원감悠遠感에 젖는 것입니다.

그래서 그들은 마을의 생활에 실패해 한정 없는 나그넷길을 떠나는 마당에도 보따리의 먼지 탈탈 털고 일어서서는 끊겨 풀려 나가는 연같이 가뜬히 가며, 보내는 사람들의 인사말도 "팔자야 네놈 팔자가 상팔자구나" 이쯤 되는 겁니다.

마당방

우리가 옛부터 만들어 지녀 온 세 가지의 방—온돌방과 마루방과 토방土房 중에서, 우리 도시 사람들은 거의 시방 두 가지의 방—온돌방하고 마루방만 쓰고 있지만, 질마재나 그 비슷한 촌마을에 가면 그 토방도 여전히 잘 쓰여집니다. 옛날엔 마당 말고 토방이 또 따로 있었지만, 요즘은 번거로워 그걸 따로 하는 대신 그 토방이 그리워 마당을 갖다가 대용으로 쓰고 있지요. 그리고 거기 들이는 정성이사 예나 이제나 매한가지지지요.

음 칠월 칠석 무렵의 밤이면, 하늘의 은하와 북두칠성이 우리의 살에 직접 잘 배어들게 윈 식구 모두 나와 딩굴며 노루잠도 살풋이 붙이기도 하는 이 마당 토방. 봄부터 여름 가을 여기서 말리는 산과 들의 풋나무와 풀 향기는 여기 절이고, 보리타작 콩타작 때 연거푸 연거푸 두들기고 메어 부친 도리깨질은 또 여기를 꽤나 매끄럽겐 잘도 다져서, 그렇지 광한루의 석경石鏡 속의 춘향이 낯바닥 못지않게 반드랍고 향기로운 이 마당 토방. 왜 아니야. 우리가 일 년 내내 먹고 마시는 음식들 중에서도 제일 맛 좋은 풋고추 넣은 칼국수 같은 것은 으레 여기 모여 앉아 먹기 망정인 이 하늘 온전히 두루 잘 비치는 방. 우리 학질 난 식구가 따가운 여름 햇살을 몽땅 받으려 홑이불에 감겨 오구라져 나자빠졌기도 하는, 일테면 병원 입원실이기까지도 한 이 마당방. 부정한 곳을 지내온 식구가 있으면, 더럼이 타지 말라고 할머니들은 하얗고도 짠 소금을 여기 뿌리지만, 그건 그저 그만큼 한 마음인 것이지 미신이고 뭐고 그럴려는 것도 아니지요.

알묏집 개피떡

알뫼라는 마을에서 시집와서 아무것도 없는 홀어미가 되어 버린 알묏댁은 보름사리 그뜩한 바닷물 우에 보름달이 뜰 무렵이면 행실이 궂어져서 서방질을 한다는 소문이 퍼져, 마을 사람들은 그네에게서 외면을 하고 지냈습니다만, 하늘에 달이 없는 그믐께에는 사정은 그와 아주 딴판이 되었습니다.

음 스무날 무렵부터 다음 달 열흘께까지 그네가 만든 개피떡 광주리를 안고 마을을 돌며 팔러 다닐 때에는 "떡 맛하고 떡 맵시사 역시 알묏집네를 당할 사람이 없지." 모두 다 흡족해서, 기름기로 번즈레한 그네 눈망울과 머리털과 손끝을 보며 찬양하였습니다. 손가락을 식칼로 잘라 흐르는 피로 죽어가는 남편의 목을 축이었다는 이 마을 제일의 열녀 할머니도 그건 그랬었습니다.

달 좋은 보름 동안은 외면당했다가도 달 안 좋은 보름 동안은 또 그렇게 이해되는 것이었지요.

앞니가 분명히 한 개 빠져서까지 그네는 달 안 좋은 보름 동안을 떡장사를 다녔는데, 그동안엔 어떻게나 이빨을 희게 잘 닦는 것인지, 앞니 한 개 없는 것도 아무 상관없이 달 좋은 보름 동안의 연애의 소문은 여전히 마을에 파다하였습니다.

방 한 개 부엌 한 개의 그네 집을 마을 사람들은 속속들이 다 잘 알지만, 별다른 연장도 없었던 것인데, 무슨 딴손이 있어서 그 개피떡은 누구 눈에나 들도록 그리도 이쁘게 만든 것인지, 빠진 이빨 사이를 사내들이 못 볼 정도로 그 이빨들은 그렇게도 이쁘게 했던 것인지, 머리털이나 눈은 또 어떻게 늘 그렇게 깨끗하게 번즈레하게 이쁘게 해낸 것인지 참 묘한 일이었습니다.

소망(똥깐)

아무리 집안이 가난하고 또 천덕꾸러기드래도, 조용하게 호젓이 앉아, 우리 가진 마지막 것—똥하고 오줌을 누어 두는 소망 항아리만은 그래도 서너 개씩은 가져야지. 상감 녀석은 궁의 각장 장판방에서 백자의 매화틀을 타고 누지만, 에잇, 이것까지 그게 그까진 정도여서야 쓰겠나. 집 안에서도 가장 하늘의 해와 달이 별이 잘 비치는 외따른 곳에 큼직하고 단단한 옹기 항아리 서너 개 포근하게 땅에 잘 묻어 놓고, 이 마지막 이거라도 실컨 오붓하게 자유로이 누고 지내야지.

이것에다가는 지붕도 휴지도 두지 않는 것이 좋네. 여름 폭주하는 햇빛에 일사병이 몇천 개 들어 있거나 말거나, 내리는 쏘내기에 벼락이 몇만 개 들어 있거나 말거나, 비 오면 머리에 삿갓 하나로 응뎅이 드러내고 앉아 하는, 휴지 대신으로 손에 닿는 곳의 홍부 박잎사귀로나 밑 닦아 간추리는—이 한국 '소망'의 이 마지막 용변 달갑지 않나?

'하늘에 별과 달은

소망에도 비친답네.'

가람 이병기가 술만 거나하면 가끔 읊조려 찬양해 왔던, 그 별과 달이 늘 두루 잘 내리비치는 화장실—그런 데에 우리의 똥오줌을 마지막 잘 누며 지내는 것이 역시 아무래도 좋은 것 아니겠나? 마지막 것일라면야 이게 역시 좋은 것 아니겠나?

신선 재곤이

땅 우에 살 자격이 있다는 뜻으로 '재곤在坤'이라는 이름을 가진 앉은뱅이 사내가 있었습니다. 성한 두 손으로 멍석도 절고 광주리도 절었지마는, 그것만으론 제 입 하나도 먹이지를 못해, 질마재 마을 사람들은 할 수 없이 그에게 마을을 앉아 돌며 밥을 빌어먹고 살 권리 하나를 특별히 주었었습니다.

'재곤이가 만일에 제 목숨대로 다 살지를 못하게 된다면 우리 마을 인정은 바닥난 것이니, 하늘의 벌을 면치 못할 것이다.' 마을 사람들의 생각은 두루 이러하여서, 그의 세 끼니의 밥과 치위를 견딜 옷과 불을 늘 뒤대어 돌보아 주어 오고 있었습니다.

그런데, 그것이 갑술년이라던가 을해년의 새 무궁화 피기 시작하는 어느 아침 끼니부터는 재곤이의 모양은 땅에서도 하늘에서도 일절 보이지 않게 되고, 한 마리 거북이가 기어다니듯 하던 살았을 때의 그 무겁디무거운 모습만이 산 채로 마을 사람들의 마음속마다 남았습니다. 그래서 마을 사람들은 하늘이 줄 천벌을 걱정하고 있었습니다.

그러나, 해가 거듭 바뀌어도 천벌은 이 마을에 내리지 않고, 농사도 딴 마을만큼은 제대로 되어, 신선도神仙道에도 약간 알음이 있다는 좋은 흰 수염의 조 선달 영감님은 말씀하셨습니다. "재곤이는 생긴 게 꼭 거북이같이 안 생겼던가. 거북이도 학이나 마찬가지로 목숨이 천년은 된다고 하네. 그러니, 그 긴 목숨을 여기서 다 견디기는 너무나 답답하여서 날개 돋아나 하늘로 신선살이를 하러 간 거여……"

그래 "재곤이는 우리들이 미안해서 모가지에 연자맷돌을 단단히 매어달고 아마 어디 깊은 바다에 잠겨 나오지 않는 거라"던 마을 사람들도 "하여간 죽은 모양을 우리한테 보인 일이 없으니 조 선달 영감님 말씀이 마음적으로야 불가불 옳기사 옳다"고 하게는 되었습니다. 그래서 그들도 두루 그들의 마음속에 살아서만 있는 그 재곤이의 거북이 모양 양쪽 겨드랑에 두 개씩의 날개들을 안 달아 줄 수는 없었습니다.

추사와 백파와 석전

질마재 마을의 절간 선운사의 중 백파한테 그의 친구 추사 김정희가 만년의 어느 날 찾아들었습니다.

종이쪽지에 적어온 '돌이마[石顚]'란 아호 하나를 백파에게 주면서,

"누구 주고 시푼 사람 있거던 주라"고 했습니다.

그러나, 백파는 그의 생전 그것을 아무에게도 주지 않고 아껴 혼자 지니고 있다가 이승을 뜰 때, "이것은 추사가 내게 맡겨 전하는 것이니 후세가 임자를 찾아서 주라"는 유언으로 감싸서 남겨 놓았습니다.

그것이 이조가 끝나도록 절간 설합 속에서 묵어 오다가, 딱한 일본 식민지 시절에 박한영이라는 중을 만나 비로소 전해졌는데, 석전 박한영은 그 아호를 받은 뒤에 30년 간이나 이 나라 불교의 대종정 스님이 되었고, 또 불교의 한일합병도 영 못 하게 막아냈습니다.

지금도 선운사 입구에 가면 보이는 추사가 글을 지어 쓴 백파의 비석에는 '대기대용大機大用'이라는 말이 큼직하게 새겨져 있습니다. 추사가 준 아호 '석전'을 백파가 생전에 누구에게도 주지 않고, 이 겨레의 미래영원에다 가만히 유언으로 싸서 전하는 것을 알고 추사도 "야! 단수 참 높구나!" 탄복한 것이겠지요.

석녀 한물댁의 한숨

아이를 낳지 못해 자진해서 남편에게 소실을 얻어 주고, 언덕 위 솔밭 옆에 홀로 살던 한물댁은 물이 많아서 붙여졌을 것인 한물이란 그네 친정 마을의 이름과는 또 달리 무척은 차지고 단단하게 살찐 옥같이 생긴 여인이었습니다. 질마재 마을 여자들의 눈과 눈섭, 이빨과 가르마 중에서는 그네 것이 그중 단정하게 이쁜 것이라 했고, 힘도 또 그중 아마 실할 것이라 했습니다. 그래, 바람 부는 날 그네가 그득한 옥수수 광우리를 머리에 이고 모시밭 사잇길을 지날 때, 모시잎들이 바람에 그 흰 배때기를 뒤집어 보이며 파닥거리면 그것도 "한물댁 힘 때문이다"고 마을 사람들은 웃으며 우겼습니다.

그네 얼굴에서는 언제나 소리도 없는 엣비식한 웃음만이 옥 속에서 핀 꽃같이 벙그러져 나와서 그 어려움으론 듯 그 쉬움으론 듯 그걸 보는 남녀노소들의 웃입술을 두루 위로 약간씩은 비끄러 올리게 하고, 그 속에 웃니빨들을 어쩔 수 없이 잠깐씩 드러내 놓게 하는 막강한 힘을 가졌었기 때문에, 그걸 당하는 사람들은 힘에 겨워선지 그네의 그 웃음을 오래 보지는 못하고 이내 슬쩍 눈을 돌려 한눈들을 팔아야 했습니다. 사람들뿐 아니라 개나 고양이도 보고는 그렇더라는 소문도 있어요. "한물댁같이 웃기고나 살아라." 모두 그랬었지요.

그런데 그 웃음이 그만 마흔 몇 살쯤 하여 무슨 지독한 열병이라던가로 세상을 뜨자, 마을에는 또 다른 소문 하나가 퍼져서 시방까지도 아직 이어 내려오고 있습니다. 그 한물댁이 한숨 쉬는 소리를 누가 들었다는 것인데, 그건 사람들이 흔히 하는 어둔 밤도 궂은 날도 해어스름도 아니고 아침 해가 마악 올라올락 말락한 아주 맑고 밝은 어떤 새벽이었다고 합니다. 그리고 그것은 그네 집 한 치 뒷산의 마침 이는 솔바람 소리에 아주 썩 잘 포개어져서만 비로소 제대로 사운거리더라구요.

그래 시방도 맑은 아침에 이는 솔바람 소리가 들리면 마을 사람들은 말해 오고 있습니다. "하아 저런! 한물댁이 일찌감치 일어나 한숨을 또 도맡아서 쉬시는구나! 오늘 하루도 그렁저렁 웃기는 웃고 지낼라는가 부다"고……

내소사 대웅전 단청

내소사 대웅보전 단청은 사람의 힘으로도 새의 힘으로도 호랑이의 힘으로도 칠하다가 칠하다가 아무래도 힘이 모자라 다 못 칠하고 그대로 남겨 놓은 것이다.

내벽 서쪽의 맨 위쯤 앉아 참선하고 있는 선사, 선사 옆 아무것도 칠하지 못하고 너무나 휑하니 비어 둔 미완성의 공백을 가 보아라. 그것이 바로 그것이다.

이 대웅보전을 지어 놓고 마지막으로 단청사를 찾고 있을 때, 어떤 해 어스럼 제 성명도 모르는 한 나그네가 서로부터 와서 이 단청을 맡아 겉을 다 칠하고 보전 안으로 들어갔는데, 문고리를 안으로 단단히 걸어 잠그며 말했었다.

"내가 다 칠해 끝내고 나올 때까지는 누구도 절대로 들여다보지 마라."

그런데 일에 폐는 속에서나 절간에서나 언제나 방정맞은 사람이 끼치는 것이라, 어느 방정맞은 중 하나가 그만 못 참아 어느 때 슬그머니 다가가서 뚫어진 창구멍 사이로 그 속을 들여다보고 말았다.

나그네는 안 보이고 이쁜 새 한 마리가 천정을 파닥거리고 날아다니면서 부리에 문 붓으로 제몸에서 배어나는 물감을 묻혀 곱게 곱게 단청해 나가고 있었는데, 들여다보는 사람 기척에

"아앙!"

소리치며 떨어져 내려 마룻바닥에 납작 사지를 뻗고 늘어지는 걸 보니, 그건 커어다란 한 마리 불호랑이였다.

"대호大虎 스님! 대호 스님! 어서 일어나시겨라우!"

중들은 이곳 사투리로 그 호랑이를 동문 대우를 해서 불러 댔지만 영 그만이어서, 할 수 없이 그럼 내생來生에나 소생蘇生하라고 이 절 이름을 내소사來蘇寺라고 했다.

그러고는 그 단청하다가 미처 다 못한 그 빈 공백을 향해 벌써 여러 백년의 아침과 저녁마다 절하고 또 절하고 내려오고만 있는 것이다.

풍편의 소식

옛날 옛적에도 사람들의 마음은 천차만별이어서, 그 사람 사이 제 정으로 언약하고 다니며 사람 노릇하기란 참으로 따분한 일이라, 그 어디만큼서 그만 작파해 버리고 깊은 산으로 들어와 버린 두 사내가 있었습니다. 한 사내의 이름은 '기회 보아서'고, 또 한 사내의 이름은 '도통道通이나 해서'였습니다. '기회 보아서'는 산의 남쪽 모롱에 초막을 치고 살고, '도통이나 해서'는 산의 북쪽 동굴 속에 자리 잡아 지내면서, 가끔 어쩌다가 한 번씩 서로 찾아 만났는데, 그 만나는 약속 시간을 정하는 일까지도 그들은 이미 그들 본위로 하는 것은 깡그리 작파해 버리고, 수풀에 부는 바람이 그걸 정하게 맡겨 버렸습니다.

"아주 아름다운 바람이 북녘에서 불어와서 산골짜기 수풀의 나뭇잎들을 남쪽으로 아주 이쁘게 굽히면서 파다거리거던, 여보게, '기회 보아서!' 자네가 보고 싶어 내가 자네 쪽으로 걸어가고 있는 줄로 알게." 이것은 '도통이나 해서'가 한 말이었습니다.

"아주 썩 좋은 남풍이 불어서 산골짜기의 나뭇잎들을 북쪽으로 멋드러지게 굽히며 살랑거리거던 그건 또 내가 자네를 만나고 싶어 가는 신호니, 여보게 '도통이나 해서!' 그때는 자네가 그 어디쯤 마중 나와서 있어도 좋으이." 이것은 '기회 보아서'의 말이었습니다.

그런데 그 '기회 보아서'와 '도통이나 해서'가 그렇게 해 빙글거리며 웃고 살던 때가 그 어느 때라고. 시방도 질마재 마을에 가면, 그 오랜 옛 습관은 꼬리롤망정 아직도 쬐그만큼 남아 있기는 남아 있습니다.

오래 이슥하게 소식 없던 벗이 이 마을의 친구를 찾아들 때면 "거 자네 어딜 쏘다니다가 인제사 오나? 그렇지만 풍편으론 소식 다 들었네." 이 마을의 친구는 이렇게 말하는데, 물론 이건 쬐끔인 대로 저 옛것의 꼬리이기사 꼬리입지요.

죽창竹窓

대수풀이 바람에 서걱이는 소리를 듣고 있으면, 우리들 귀엔—'비밀입니까. 비밀이라니요. 나에게 무슨 비밀이 있겠습니까. (…) 나의 비밀은 떨리는 가슴을 거쳐서 당신의 촉각으로 들어갔습니다.' 한용운 스님의 「비밀」이라는 시구절을 소근거리고 있는 것같이만 들리는데, 신라 사람들 귀엔 그런 추상일 필요까지도 없는 순 실토로 "우리 임금님 귀는 당나귀 귀……"니 하는, 숨긴 사실을 막 집어내서 폭로하고 있는 소리로만 들렸었습지요. 신라 경문왕은 마누라가 너무나 밉게 생겨서, 밤엔 뱀각시들을 가슴 위에 널어 놓아 핥게 하고 지내다가설라문 쭈뼛쭈뼛한 짐승 업보로 긴 당나귀 귀가 되어 복두로 거길 가려 숨기고 지냈는데, 이걸 혼자만 알고 있는 복두쟁이 놈이 끝까지 가만 있지를 못하고, 죽을 때 대수풀로 가서 "우리 임금님 귀는 당나귀 귀다." 한마디 소근거려 놓았기 때문에 대수풀이 그다음부터는 그렇게 소근거린다든지 그런 실담實談의 폭로 소리였습죠.

일이 이리 어찌 되어 내려오다가 창을 대쪽으로 엮어 매는 습관은 생긴 겁니다. '비밀입니까. 비밀이라니요. 나에게 무슨 비밀이 있겠습니까.' 한용운 선생님이 맞았어요. 결국 고러초롬 주장하기 위해서지요.

방 안의 주장을 위해서뿐이 아니라, 밖에서 느물고 오던 호랑이라든지 그런 것들의 침략의 비밀도 민감하디민감한 여기 울리어선 다 모조

리 탄로 나지 않을 수는 없는 것이니…… 탄로 나는 것이사 호랑이라
고 해서 겁 안 내고 견딜 수만도 없는 것이니……

걸궁배미

세 마지기 논배미가 반달만큼 남았네.

네가 무슨 반달이냐, 초생달이 반달이지.

농부가 속의 이 귀절을 보면, 모 심다가 남은 논을 하늘에 뜬 반달에다가 비유했다가 냉큼 그것을 취소하고 아무래도 진짜 초생달만큼이야 할쏘냐는 느낌으로 고쳐 가지는 농부들의 약간 겸손하는 듯한 마음의 모양이 눈에 선히 잘 드러나 보인다. 그러나,

이 논배미 다 심고서 걸궁배미로 넘어가세.

하는 데에 오면

네가 무슨 걸궁이냐, 무당 음악이 걸궁이지.

하고 고치는 귀절은 전연 보이지 않는 걸 보면 이 걸궁배미라는 논배미만큼은 하나 에누리할 것도 없는 문자 그대로의 무당의 성악이요, 기악이요, 또 그 병창인 것이다. 그 질척질척한 검은 흙은 물론, 거기 주어진 오물의 거름, 거기 숨어 농부의 다리의 피를 빠는 찰거머리까지

두루 합쳐서 송두리째 신나디신난 무당의 음악일 따름인 것이다.

그러고, 걸궁에는 중들이 하는 걸궁도 있는 것이고, 중의 걸궁이란 결국 부처님의 고오고오 음악, 부처님의 고오고오 춤 바로 그런 것이니까, 이런 쪽에서 이걸 느껴 보자면, 야! 참 이것 상당타.

심사숙고

백순문白舜文의 사형제는 뱃사람이었는데, 을축년 봄 풍랑에 만형 순문이 목숨을 빼앗긴 뒤 남은 삼형제는 심사숙고에 잠겼습니다.

심사숙고는 그러나, 그걸 오래오래 하고 지내 보자면 꼭 그것만으로는 견디기 어려운 것이어서, 큰 아우 백관옥白冠玉이는 술로 그 장단을 맞추었던 것인데, 이 사람은 술도 가짜 술은 영 못 마시는 성미라, 해마다 밀주를 담아서는 숨겨 두고 찔큼찔큼 마시고 앉았다가 순경한테 들키면 그때마다 벌금만큼 징역살이를 되풀이 되풀이해 살고 나와야 했습니다. 둘째 아우 백사옥白士玉이도 그 긴 심사숙고의 사이, 마지못해 사용한 게 술은 술이었지만, 그래도 백사옥이 술은 진가眞假를 까다롭게 가리지도 않는 것이어서 아무것이나 생기는 대로 처마셨기 때문에 벌금조로 또박또박 징역 살러 갈 염려까지는 없었지마는, 그놈의 악주독惡酒毒으로 가끔 거드렁거리고, 웃통을 벗고 덤비고, 네 갈림길 넙적바위 같은 데 넙죽넙죽 나자빠져 버리고 하는 것이 흉이었습니다.

이 두 형에 비기면, 막내 아우 백준옥白俊玉이가 그의 심사숙고 사이에 빚어 두고 지내던 건 좀 별난 것이어서 우리를 꽤나 잘 웃깁니다. 백준옥이는 그가 난 딸나미가 볼우물도 좋고 오목오목하게 생겼대서 '오목녀'라고 이름을 붙이고, 또 석류나무를 부엌 옆에도 하나, 문간에도 하나 두 그루나 심어 꽃 피워 가지고 지내면서, 언제, 어떻게 남의 눈에 안 띄이게 연습시킨 것인지, 한동안이 지내자, 이 집 웃음과 아양을 왼 마을에서도 제일 귀여운 것으로 만들어 "아양이라면이사, 암, 백준옥이네 아양이 이 하늘 밑에서는 제일이지 제일이여"가 되고 만 것입니다.

그렇기사 그렇기는 했지만서두, 이런 그들의 심사숙고는 그들의 일생 동안 끝나는 날도 없이 끝없이 끝없이만 이어 가다가, 또다시 그들의 아들딸들 마음속으로 이어 넘어갈밖에 없었습니다.

그러다가 어느 해 어느 날, 그 석류꽃 아양 집—그 백준옥이네 집 아들 하나가 그 두 대代의 심사숙고의 끝을 맺기는 겨우 맺었습니다. 그 집 식구들 가운데서도 유체 얼굴의 눈웃음의 아양이 좋은 아들 백풍식白風植이가 바닷물에 배를 또 부리기 시작하기는 시작했습니다만, 멀고 깊은 바다 풍랑에 죽을 염려가 있는 어선이 아니라, 난들목 얕은 물인 조화치造化峙 나루터의 나룻배 사공을 새로 시작한 것입니다.

침향沈香

침향을 만들려는 이들은, 산골 물이 바다를 만나러 흘러내려 가다가 바로 따악 그 바닷물과 만나는 언저리에 굵직굵직한 참나무 토막들을 잠거 넣어 둡니다. 침향은, 물론 꽤 오랜 세월이 지낸 뒤에, 이 잠근 참나무 토막들을 다시 건져 말려서 빠개어 쓰는 겁니다만, 아무리 짧아도 이삼백 년은 수저에 가라앉아 있은 것이라야 향내가 제대로 나기 비롯한다 합니다. 천 년쯤씩 잠긴 것은 냄새가 더 좋굽시요.

그러니, 질마재 사람들이 침향을 만들려고 참나무 토막들을 하나씩 하나씩 들어내다가 육수陸水와 조류潮流가 합수合水치는 속에 집어넣고 있는 것은 자기들이나 자기들 아들딸이나 손자손녀들이 건져서 쓰려는 게 아니고, 훨씬 더 먼 미래의 누군지 눈에 보이지도 않는 후대들을 위해섭니다.

그래서 이것을 넣는 이와 꺼내 쓰는 사람 사이의 수백 수천 년은 이 침향 내음새 꼬옥 그대로 바짝 가까이 그리운 것일 뿐, 따뿐할 것도, 아득할 것도, 너절할 것도, 허전할 것도 없습니다.

꽃

꽃 옆에 가까이 가는 아이들이 있으면, 할머니들은

"애야 눈 아피 날라. 가까이 가지 마라."

고 늘 타일러 오셨습니다.

그래서 질마재 마을 사람들은 해마다 피어나는 산과 들의 꽃들을 이쁘다고 꺾기는커녕, 그 옆에 가까이는 서지도 않고, 그저 다만 먼발치서 두고 아스라히 아스라히만 이뻐해 왔습니다.

그러나, 꼭 한 가지 예외가 있긴 있었습니다. 그것은 딴 게 아니라, 누구거나 즈이 집 송아지를 이뻐하는 사람이, 그 송아지가 스물넉 달쯤을 자라서 이제 막 밭을 서먹서먹 갈 만큼 되었을 때, 그때가 바로 진달래꽃 때쯤이어서, 그새 뿌사리의 두 새로 자란 뿔 사이에 진달래꽃 몇 송이를 매달아 두는 일입니다.

소—그것도 스물넉 달쯤 자란 새 뿌사리 소만은 눈 아피도 모른다 해서 그리해 온 것이었어요.

대흉년

흉년의 봄 굶주림이 마을을 휩쓸어서 우리 식구들이 쑥버무리에 밀 껍질 남은 것을 으깨 넣어 익혀 먹고 앉았는 저녁이면 할머님은 우리를 달래시느라고 입만 남은 입속을 열어 웃어 보이시면서 우리들보고 알아들으라고 그분의 더 심했던 대흉년의 경험을 말씀하셨습니다.

"밀 껍질이라도 아직은 좀 남었으니 부자 같구나. 을사년 무렵 어느 해 봄이던가, 나와 너의 할아버지는 이 쑥버무리에 아무것도 곡기 넣을 게 없어서 못자리의 흙을 집어다 넣어 끄니를 에우기도 했었느니라. 그래도 우리는 씻나락까지는 먹어 치우지는 안했다. 새 가을 새 추수를 기대려 본 것이지…… 그런데 요샛것들은 기대릴 줄을 모른다. 씻나락도 먹어 치우는 것들이 있으니, 그것들이 그리 살다 죽으면 귀신도 그때는 씻나락 까먹는 소리를 낼 것이고, 그런 귀신 섬기는 새것들이 나와 늘면 어찌 될 것인고……"

소×한 놈

윈 마을에서도 품행 방정키로 으뜸가는 총각놈이었는데, 머리숱도 제일 짙고, 두 개 앞니빨도 사람 좋게 큼직하고, 씨름도 할라면이사 언제나 상씨름밖에는 못하던 아주 썩 좋은 놈이었는데, 거짓말도 에누리도 영 할 줄 모르는 숫하디숫한 놈이었는데, '소×한 놈'이라는 소문이 나더니만 밤사이 어디론지 사라져 버렸다. 즈이 집 그 암소의 두 뿔 사이에 봄 진달래 꽃다발을 매어 달고 다니더니, 어느 밤 무슨 어둠발엔지 그 암소하고 둘이서 그만 영영 사라져 버렸다. "사경四更이면 우리 소 누깔엔 참 이쁜 눈물이 고인다"고 누구보고 언젠가 그러더라나. 아마 틀림없는 성인聖人 녀석이었을 거야. 그 발자취에서도 소똥 항내쯤 살풋이 나는 틀림없는 틀림없는 성인 녀석이었을 거야.

김유신풍

신라 선덕여왕이 여자라고 업신여기고 역적놈의 새끼들이 수근거리고 있다가 마침 밤하늘에 유성이 흘러내리는 걸 보고 "궁중에 떨어지더라, 여왕 때문에 나라가 망할 징조다." 파다한 소문을 퍼뜨려 대단히 형이상학적인 국민들의 마음을 평안치 못하게 하고 있었을 때, 김유신이 역시 밤하늘에 불 붙인 짚 제웅을 매달은 종이연을 날려 올리며 "그 고약한 별이 내려왔다 무서워서 다시 올라간다. 보아라!" 널리 왜장을 치게 해 감쪽같이 그 국민의 불안을 없이해 버렸다는 이얘기는 삼국유사에도 들어 있어 책 볼 줄 아는 사람은 두루 다 잘 알지만, 우리 질마재에서 똥구녁이 찢어지게 가난한 미련둥이 총각 녀석 하나가 종이연이 아니라 진짜 매 발에다가 등불을 매달아 밤하늘에 날려서 마을 장자長者의 쓸개를 써늘케 해 그 이쁜 딸한테로 장가를 한번 잘 든 이얘기는 아마 별로 잘 모르는 모양이기에 불가불 여기 아래 아주 심심한 틈 바구니 두어 자 적어 끼워 두노라.

마을에서도 제일로 무얼 못 먹어서 똥구녁이 마르다가 마르다가 찢어지게끔 생긴 가난한 늙은 과부의 외아들 황먹보는 낫 놓고 ㄱ자도 그릴 줄 모르는 무식꾼인 데다가 두 눈썹이 아조 찰싹 두 눈깔에 달라붙게스리는 미련하디미련한 총각 녀석이라, 늙은 에미 손이 사철 오리발이 다 되도록 마을의 마른일 진일 다 하고 다니며 누렁지 찌꺼기 사발이나 얻어다가 알리면 늘 항상 아랫목에서 퍼먹고 웃목 요강에 가똥 누는 재주밖에 더한 재주는 없던 녀석이었는데, 그래도 음양은 어찌 알았던지, 어느 날 저녁때 울타리 개구녁 사이로 옆집 장자네 집 딸 얼굴을 한 번 딱 디려다보고는 저쪽에선 눈도 거들떠보지도 않는데 그만 혼자 상사병에 걸리고 말았것다.

"오매 오매" 불러서

"뭇 헐레?" 하니

"오매 나 매 한 마리만 구해다 주소" 해서, 논 매주기 밭 매주기 품삯 앞당겨 간신히 그것 한 마리를 구해다가 주었더니, 그건 방 아랫목 횃대에다 단단히 못 도망가게 매달아 놓고,

"오매 오매 나 피모시 한 묶음만 또 구해다 주소" 해서 또 그것도 이리저리 알탕갈탕 구해다 주었더니 그걸로는 가느스름하게 새끼줄을 길게 길게 꼬아 서리어 두고,

"오매 오매 이번에는 말방울 하나허고, 대막가지 단단한 놈으로 한 개허고 창호지 한 장허고, 초 한 자루만 냉큼 가서 구해다 주소" 해서 그것도 미리 괄괄 어찌어찌 때워 맞춰 겨우겨우 구해다가 주었더니 그 대막가지는 쪼개어 굽혀 포개고, 그 초는 그 속에 든든히 박아 꽂고, 그 창호지는 거기 둘러싸아 덩그랗게 등 하나를 만들어서 놓고는, 아까 그

횃대의 매를 갖다가 한쪽 발에 아까의 그 말방울을 잘랑잘랑 달고, 그 바로 밑에 아까의 그 종이등을 안 떨어지게 또 잘 매달아 놓고, 그러고는

"오매 오매 나 흙 말이여. 황토흙 말고 아조 까만 찰흙으로 잘 골라서 한 소쿠리만 또 파다 줄란가" 해서 또 그것도 자식 하자는 대로 또 그렇게 해 주었더니, 넌석은 다음엔 또 "오매 오매 부엌 물독에 가서 바가지로 물을 퍼다가 그 흙을 잘 좀 이겨 주소" 하는 것이다.

그러고 해가 졌는데, 넌석은 또 오매를 부를 줄 알았더니 이번에는 아무 소리 없이 후다닥딱 우아랫두리 입은 걸 몽땅 벗어 내팽개쳐 버리더니 와르르르 그 개어 논 뻘흙 옆으로 다가가서 왼 몸뚱이를 두 눈구먹만 내놓고는 까맣게 까맣게 흙탕으로 번지르르 칠하고 나서는 아까 그 피모시 줄 끝에 매하고 방울하고 같이 매단 종이등에 부싯돌로 불을 덩그랗게 붙여 밝히곤, 그것들을 모두 두 손에 감아쥐고 뒷집 장자네 집 대문간 큰 감나무 위로 뽀르르르 다람쥐 새끼같이 기어올라 갔다.

"장자야! 장자야! 너 저녁 먹었냐? 아마 벌써 먹었을 테지? 장자야 너는 내가 누군지 내 소리만 듣고 아직 모를 테지만 인제 두 눈으로 똑똑히 보게 되면 잘 알게 되야. 나는 딴 사람이 아니고, 누구냐 허면 바로 하늘님의 사자使者다! 되창문 좀 열어 보아라, 나를 보고 싶거든 어서 냉큼 그 되창 좀 열고 보랑게."

되창문은 아무리 시시한 일에도 멋대로 열라고 있는 것인데, 요만큼 한 소리면야 그야 열릴 수밖에.

장자가 되창문을 여는 것이 보이자, 년석은 손에 거머쥐고 있던 매를 하늘에 풀어 날렸네. 아 장자 눈귀가 제아무리 밝은들 하늘로 올라가는 불하고 방울소리밖에 무얼 보고 또 들어? 그때를 놓치지 않고 년석은 아주 썩 점잖게 또 한마디 했지.

"장자야 내가 하늘님 사자랑 건 인제 네 두 눈으로 똑똑히 봤응게 알 테지만, 일이사 딴 별것 아니고, 왜 느이 앞집에 미련둥이 황먹보 있지? 말이사 바로 말이지만 그 사람이 아직은 때를 못 만나서 그렇지 인제 두고 봐라, 쓰기는 크게 쓸 것잉게. 여러 말 할 것 뭇 있냐? 왜 너의 집 큰가시내 딸 있지 않냐? 그 가시내를 덮어놓고 황먹보한테 주어라 주어! 어기면 하늘에서 큰 벌이 있을 줄을 알렸다!"

그래 그 하늘로 날아오르는 불에, 그 방울 소리에, 이 먹보의 이 한마디가 서로 잘 어울려 가지고, 이때만 해도 너무나 지나치게 사람들의 마음이 형이상학적이던 때라 놔서 장자는

"예."

하고, 그 이쁜 딸과, 그 잘 여무는 논밭과, 좋은 요이부자리에, 살림 세간을 주어 그 먹보를 사위 삼았다는 이얘긴데, 글쎄 어쨌었는지 우리

두 눈으론 똑똑히 보지 못해서 뭐라 장담할 수는 없지만서두, 하여간에 저 김유신의 삼국유사 속 이야기가 이렇게 번안되어 내려온 걸 들어보는 건 꽤 재미가 있다.

제7시집

떠돌이의 시

시인의 말

이것은 내 꼭 40년의 이곳 시단 생활에서의 일곱 번째 시집이 된다. 나는 대인 관계에서는 마지못하면 거짓말도 더러 해 왔지만, 시에다가까지 그러지는 못했었으니까 그런 뜻으로 '정말'이라는 제목을 붙일까도 했지만, 그보다는 역시 '떠돌이' 쪽이 마음 편하게 느껴져서 고로초롬 하기로 했다. 나는 아주 젊었을 때 한동안 떠돌이의 자유를 누려 보고는 가정과 직장에 매여 오랫동안 그걸 마음대로 못하고 지냈는데, 인제는 멀지 안해 대학의 정년도 되고 하니 다시 그 자유가 가능할 듯해 그 예비 연습을 조금씩 해보고 있는 중이다. 그래서 이 책 제목을 그렇게 한 것이다.

나는 아직도 많이 웃음이 서투른 사람이어서 이것을 좀 더 원만히 되도록 노력하며 잘 흘러 다녀 볼 생각이다. 그 다음에는? 글쎄, 좋은 노송 몇 그루의 송뢰소리나 벗해서 숨소리를 잘 그런 데 맞추는 연습이나 하다가 씨익 한번 웃고 점잔하게 숨넘어가면 되는 것이 아닌가?

1976년 첫 봄 관악산 여석굴餘石窟에서

정말

시론詩論

바닷속에서 전복따파는 제주해녀도
제일좋은건 님오시는날 따다주려고
물속바위에 붙은그대로 남겨둔단다.
시의전복도 제일좋은건 거기두어라.
다캐어내고 허전하여서 헤매이리요?
바다에두고 바다바래여 시인인것을……

정말

—겨울 바다 앞에서

정말 하기는 거북하니까
우리 모다 어느 바닷속에나 갖다가
던져 버려 둡시다.
이것은
영아 유기범의 엄마 팔에 안낀
애기와는 달라서
썩 많은 나잇값을 하노라고
소리 한마디도 지르지는 않을 겝니다.
그렇지만 언제 어느 아이들이
무슨 됫박들을 들고 와서
이 많은 바닷물을 다 품어 내서
이걸 다시 건지지요?
건져서 가지지요?

뻐꾹새 울음

뻐꾹새 울음소리
그대 어깨를 어루만져 내려서
그대 버선코를 돌아오고 있을 때……
열 번을 스무 번을 돌아오고 있을 때……

그대 옛 결혼날의 황금 가락지.
지금은 전당포에 잡히어 있는
기억 속 가락지의 금빛 선을 돌아서
돌아서 돌아서 울려오고 있을 때……

네 갈림길에 선 검으야한 소나무 가지
중 노릇 가는 그대 어린것의 길을 가르치는
소나무 가지를 씻어 비껴 가고 있을 때……

* 편집자주—3연 2행 '중 노릇'은 시집에는 '종 노릇'으로 되어 있으나 시작 노트와 『현대문학』(1971.5)의 표기를 따랐다.

낮잠

묘법연화경 속에

내 까마득 그 뜻을 잊어 먹은 글자가 하나.

무교동 왕대폿집으로 가서

팁을 오백 원씩이나 주어도

도무지 도무지 생각이 안 나는 글자가 하나.

나리는 이슬비에

자라는 보리밭에

기왕이면 비 열 끗짜리 속의 쟁끼나 한 마리

여기 그냥 그려 두고

낮잠이나 들까나.

가만한 꽃

새가 되어서 날아가거나
구름으로 떴다가 비 되어 오는 것도
마음아 인제는 모두 다 거두어서
가도 오도 않는 우물로나 고일까.
우물보단 더 가만한 한 송이 꽃일까.

산수유꽃

병풍 속에 그린 닭이
울기 시작하여서……
산수유꽃
섬돌에서 피기 시작하여서……
쥐뿔에서
상아에서
놋요강에서
대한민국 소실댁
김치 냄새 나는
건건이손톱에서
금빛 초승달로
금시 눈을 떠서
간살 떨어서……

북녘 곰, 남녘 곰

북녘 곰이 발바닥 핥다 돌이 되거던……

남녘 곰도 발바닥 핥다 돌이 되거던……

그 두 돌 다 바닷물에 가라앉거던……

가라앉아 이얘기를 시작하거던……

이얘기가 다 끝나서 말이 없거던……

말이 없어 굴딱지나 달라붙거던……

바다 말라 그 두 돌이 또 나오거던……

복 받을 처녀

활등 굽은 험한 산 코빼기를
산골의 급류 맵시 있게 감돌아 나리듯
난세를 사는 처녀들 복이 있나니.

추석 달 밝은 밤도 더없이 슬기로워서
어느 골목 건달의 손에도
그 머리의 댕기 잡히지 않고
재치 있게 피할 줄 아는 처녀들은 복이 있나니.

밖에 나서서는 남녀의 대수풀 사운거리듯
방에 들어선 난초마냥 점잖게 앉는
치운 겨울의 처녀 더 복이 있나니.

산사꽃

산 보네 산 보네 밤낮 산 보네.
그대와 나 둘이서 바래보기면
번갈아 보며 보며 쉬기도 할걸
그대 길이 잠들고 나 홀로 깨여
산 보네 산 보네 두 몫 산 보네.

그대와 나 둘이서 맞추았던 눈
기왕이면 끝까지 버틸 일이지
무엇하러 지그시 감고 마는가.
그대 감은 눈 우에 청청히 솟는 산
산 보네 나 혼자 두 몫 산 보네.

겨울의 정

눈 속에 묻힌
대추 씨가
"그립다" 하니,
단단하게
나즉히
"그립다" 하니,

기러기들
높이높이 날아올라서
이마로
하늘을 걸어가면서
끼룩 끼룩 끼룩 끼룩
끼룩거리고,

영창 안
난초잎도
허어이
허어이

그 알맞게 굽은 잎에
그 기별 받아 갖고,

바다의
참물은
산골 물 보고파서
산협의 얼음장
넘어 넘어 밀린다.

난초잎을 보며

그늘과 고요를 더 오래 겪은 난초잎은
훨씬 더 짙게 푸른빛을 낸다.
선비가 먹을 갈아 그리고 싶게 되었으니
영원도 인젠 아마 그 호적에 넣을 것이다.

가난과 괴로움을 가장 많이 겪은 우리 동포들은
가장 깊은 마음의 수심水深을 가졌다.
하늘이라야만 와서 건넬 만큼 되었으니
하늘이 몸담는 것을 잘 보게 될 것이다.

난초잎과 우리 어버이들의 마음을 함께 보고 있으면
인류의 오억 삼천 이백만 년쯤을
우리는 우리의 하루로 하고 싶은 생각이 든다.

우리도 한 겨자씨는 겨자씨겠지만
이 세상 온갖 겨자씨들의 매움을 요약해 지닌
더없이 매운 겨자씨이고자 한다.

한국 종소리

종소리는
오월에 깐 수만 마리 새끼들을
팔월에 다 데불고
왼 바다를 일렁이는 에미 고래의 힘—
그게 무서 칭얼대는 해안의 짐승
포뢰蒲牢의 울음이라 한 것은
아직도 단수 유치한 중국인들의 귀요.

이 고래 이 포뢰가 한국 와서 살라면
위선 천 년쯤은 잘 흙 속에 생매장돼야 하오.
그래 때가 되어 캐내서 울려 보면
아직도 살기는 살아 있지만
언제 그렇게는 둔갑했는지
한 송이 새로 피는 꽃만 보여요.

한란을 보며

음 시월엔 한란꽃도 기러기 다 되어
두 마리씩 세 마리씩 나는 시늉도 한다마는
푸른 난초잎은 늘 잘 구부러져
곧장 가 버리지 말고 돌아오라 하지 않느냐?
난향처럼 잘 휘여 고향 벼개맡으로
돌아와 사는 것은 가장 옳거니
성급하여 평양 간 아이 뺑 한 바퀴 돌아서
모다 돌아오너라, 돌아와 살아라.

곡曲

곧장 가자 하면 갈 수 없는 벼랑길도
굽어서 돌아가기면 갈 수 있는 이치를
겨울 굽은 난초잎에서 새삼스레 배우는 날
무력無力이여 무력이여 안으로 굽기만 하는
내 왼갖 무력이여
하기는 이 이무기 힘도 대견키사 하여라.

고향 난초

내 고향 아버님 산소 옆에서 캐어 온 난초에는
내 장래를 반도 안심 못하고 숨 거두신 아버님의
반도 채 다 못 감긴 두 눈이 들어 있다.
내 이 난초 보며 으시시한 이 황혼을
반도 안심 못하는 자식들 앞일 생각타가
또 반도 눈 안 감기어 멀룩멀룩 눈감으면
내 자식들도 이 난초에서 그런 나를 볼 것인가.

아니, 내 못 보았고, 또 못 볼 것이지만
이 난초에는 그런 내 할아버지와 증조할아버지의 눈,
또 내 아들과 손자 증손자들의 눈도
그렇게 들어 있는 것이고, 들어 있을 것인가.

바위와 난초꽃

—불기佛紀 2517년 첫날에 부쳐

바위가 저렇게 몇천 년씩을

침묵으로만 웅크리고 앉아 있으니

난초는 답답해서 꽃 피는 거라.

답답해서라기보단도

이 도령을 골랐던 춘향이같이

그리루 시집이라도 가고파 꽃 피는 거라.

역사歷史 표면의 시장市場 같은 행위들

귀 시끄런 언어들의 공해에서 멀리멀리

고요하고 영원한 참목숨의 강은 흘러

바위는 그 깊이를 시늉해 앉았지만

난초는 아무래도 그대로는 못 있고

"야" 한마디 내뱉는 거라.

속으로 말해 나즉히 내뱉는 거라.

소나무 속엔

소나무 속엔

대한민국 농군들의 손이 들었고

소나무 속엔

대한민국 학생들의 눈이 들었다.

그래서 바람이 부는 날이면

너무나 아까워

단군의 할아버지 하누님께선

여기 내려 묘한 한숨을 쉰다.

솨…… 솨…… 솨…… 솨…… 솨……

다섯 살

소는 다섯 살이면 새끼도 많고,
까치는 다섯 살이면 손자도 많다.

옛날 옛적 사람들은
다섯 살이면
논어도 곧잘 배웠다 한다.

우리도
다섯 살이나 나이를 자셨으면
엄마는 애기나 보라고 하고
ㄱㄴ이라도 부즈런이 배워야지
그것도 못하면 증말 챙피다.

애기의 꿈

애기의 꿈속에 나비 한 마리
어디론지 날아가고 햇빛만이 남았다.
그래서 꿈에서 깨어난 애기는
창구멍으로 방바닥에 스며든 햇빛을
눈 대 보고 뺨 대 보고 만져 보고 웃는다.
엄마도 애기같이 이렇다면은
세상은 정말로 좋을 것이다.

시사시 편

추석

곰아.

곰아.

제 발바닥이나 핥는 재주밖에 없는

곰아.

곰아.

쑥 먹고

마늘 먹고

고 쉰 번 인도환생해 보아도,

쌍둥이를 만들거나,

역적 도모할까 또 등골을 빼 보아도,

초가 지붕에 박꽃,

초가 지붕에 붉은 고추, 고추, 고추,

모조리 몽땅 마스라 먹는대도

시원치 않은 시원치 않은

추석 달이 뜨네요. 추석 달이 뜨네요.

백도라지 눈 하나

—8·15해방 30주년 기념일에

눈,

눈,

눈,

눈, 눈……

거지들이 이 갈다가

둔갑해서 된

승냥이 떼의

눈,

눈, 눈……

거지 왕초들이 이 갈다가

둔갑해서 된

호랑이 떼의

사자 떼의

눈,

눈, 눈……

순종 사자 새끼는
강아지 밥그릇에서 먹으며
강아지 노릇으로만 자라고

그 사이,
백도라지
눈
하나
겨우 순수히 열렸네.

바가지 긁는 소리
따그락 다그락

물 길러 가는
엉덩이 춤
똥그스럼이

백도라지

눈

하나

겨우 순수히 열렸네.

강아지로 자라는 사자 새끼들 사이

앙리 룻소 그림의

잠든 집시가 놓아둔 맨돌린같이

부는 바람에

혼자 야죽거리기도 하며

백도라지

눈

하나

겨우 순수히 열렸네.

마지막 남은 것

—어느 조총련 성묘자의 한탄

내게
마지막 남은 것은
고향 산골 잔디 덮은
님의 무덤뿐.
그 무덤에 내리는
어둔 눈물뿐.

눈물 어린
눈에 배는
고향 하늘뿐.
아스라히 잊었던 이조 백자 빛
푸르족족 삼삼한
고향 하늘뿐.

그 하늘 속
천길만길 깊은 곳에서
소리 없는 소리로 외오쳐 오는
"어디 갔다 인제 오느냐?"

외오쳐 오는,

피도 살도 다시 없는

님의 영혼뿐!

1975년 가을에도

단풍 들어 떨어지는 가을 잎 사이
마지막 깔리는 이얘기는
진도珍島 간장 이얘긴데,
간장 없는 이웃집이
간장 있는 이웃집에
간장을 한 사발 훔치러 갔다가
발각되어
챙피당한 보가품으로
6·25사변 때
빨갱이 편이 되어서
간장 있는 이웃집을 몰살해 버리고

삼팔 이북으로 냉큼 올라가서는
네 이 죽일 놈! 죽일 놈! 하고 있다는 것이다.
김일성이 공산당의 이 갈기 운동—
세계 으뜸인 이 갈기 운동에 끼어
이를 뿌드득! 뿌드드득! 갈고 있다는 것이다.
이 가을 상上 이얘기도 결국은
그게 그 이얘기라는 것이다.

새해의 기원

—1976년을 맞이하여

뻔디기 장수 아이가
눈길을 밟고 가는 소리가
싸그락 싸그락
담양 대수풀 사운거리는 소리 같아서
나는 그와 눈웃음을 나누며
겨우 안심해 본다.

신문팔이 장수 아이가
신문을 빼 주는 소리가
솨—
청도 소나무밭 사운거리는 소리 같아서
쨍그랑 동전을 그의 손에 놓으며
나는 겨우 안심해 본다.

학교 가는 아이들이
비탈진 낭떠러지 길을
사알짝 돌아서 가는 것이
겨울날 난초의 잘 굽은 곡선 같아서

"잘 간다 잘 간다"고
나는 겨우 안심해 본다.

저 아이들 가슴은
두루 무슨 가슴일까?
벙어리 냉가슴 쪽일까?
사촌 명주바지에 뜨시한 가슴일까?
아니면 너무나 일찍 일어나서
누굴 위해 불 지피는 아궁이일까?
—그런 것 생각하고 있다가

어떤 옛 가사에 나오는
'약藥 찬 가슴'이란 말 한마디를
기억해 본다.
어느 가슴보다도
부디 약 찬 가슴이나 되어서
너이들도 성하고,
너이들에 거는 우리 소원도
성하게만 해달라고 기원해 본다.

우리 고향 중의 고향이여……

—모교 동국대학교 62주년 기념일에

우리 모교 동국대학교에서는
심청이가 인당수에 빠져 들어가 살던
그 연꽃 내음새가 언제나 나고

목을 베니
젖이 나 솟았다는
성 이차돈의 강의 소리가 늘 들리고

경주 석굴암에 조각된 것과 같은
영원을 사는 사람의 모양들이
강당마다 학생들 틈에 그윽히 끼어 동행한다.

세계의 마지막 나라 대한민국의
맨 마지막 정적과 의무 속에 자리하여
가장 밝은 눈을 뜨고 있는 모교여.
삼세三世 가운데서도 가장 쓰고 짜거운 한복판
영원 속의 가장 후미진 서재.
최후로 생각할 것을 생각하려는 사람들이 모여 사는,

최후로 책임질 것을 책임지려는 사람들이 모여 사는
모교여
우리 고향 중의 고향이여.

진갑의 수묵빛 승의僧衣를 입으신
이 크신 아버님 앞에
내 오늘 돌아온 탕아처럼 뒷문으로 스며들면

이 불로不老의 님은 주름살 대신에
그 이마 사이 한결 더 밝아지신 백호白毫의 빛에 쪼인
감로의 영약 사발을 우리에게 권하신다.

찬양할지어다,
찬양하고 또 맡을지어다.
님께서 이룩하신 진리의 묵은밭을.
그 한 이랑, 한 이랑씩을
맡아선 끝없이 꽃피며 갈지로다.

전북대학교 교정에 서면

—개교 제22주년 기념일에

전북대학교 교정에 서면
바람결에 실려 오는 육자배기 가락에
인멸했던 신라 향가 구절들도
어디서보단 가장 잘 들려온다.

하늘 속 우리 세월의 극진한 울림을
여기서 제일 좋은 창호지에
여기서 제일 잘 담고 있던 때문일까.

전주 합죽선으로 두두룩히 부채질하며
모을 만한 것은 모조리 두루 잘
모아 들여온 때문일까.

저 신라 통일의 두 큰 기운—
김유신과 문무대왕 두 혼이 합해서 된
저 만파식적의 그 합죽合竹의 대도
벌써 하늘에 숨어 있는 지 오래언만

전북대학교 근처에 오면
합죽선의 부챗살 속에
그 이름도 아직 그대로 살아서
먼 하늘을 부채질하여
천 년 전 만파식적의 가락 시방도 부르고 있다.

인사

—전북대학교 제23주년 기념일에

합죽선 든 춘향이가 인사를 한다.
"도련님들 아가씨들 안녕하셔라우?
변심일랑 행여나 안 할 테지라우?"
정읍사의 여인도 인사를 한다.
"궂은 날도 즌 델랑은 밟지를 말고
꼬독꼬독 마른 데만 골라 가겨라우."

이태조도 경기전에서 인사를 한다.
"과인의 이가李家 왕조를 다 본관 제공들이 이루어 주시기를……"

순창의 땡고추도 땡햇볕 속에서 인사를 한다.
"아니 글쎄 우리 고추장 먹고 자랐으면서
한바탕 얼얼한 맛 안 나타내 줄랑가?"
전주 콩나물들이 시루 속에서 또 인사한다.
"못 잊을 테제? 못 잊을 테제?
우리네들 숨은 맛, 숨은 은공까지는
생시에도 꿈에도 차마 못 잊을 테제?"

또 전주비빔밥도 인사를 한다.

"날 잡숫고 승거워서야 어따 쓰겠능게라우?

도련님들 아가씨들 당신들만 믿어라우!"

송시頌詩
—동아일보 쉬흔 돌에

백두산 천지 위
새 포장 여는 신시神市의 하늘에
참 오랜만의 단군 할아버님 웃음소리 들린다.
그 가상자리 우거진 박달나무 수풀,
거기 앉았다 일어서는 곰과 범들의 얼굴에서도
정말 참 오랜만의 웃음소리 들린다.

"갓 쉬흔 된 내 자손 동아일보야.
네 나이는 겨우 내 나이의 백분의 일이지만
내가 바라는 것을 너는 덜지 않고 다 지켜
내 넋과 뜻과 피의 보람을 영원에 있게 했구나."
단군 할아버님의 말씀이 들리고,
나라 안의 무궁화들 모두 머리 숙인다.

찬양하자.
반만년의 우리 역사 속에서
제일로 처참했던 우리 바로 뒤 반백 년을
그 황폐한 쑥대밭 속 갖은 고문을 다 견디며

빈틈없이 끝까지 남아 우리 집을 지켜 온
우리 가장 힘센 집지기 동아일보를.
무궁한 힘줄, 무궁한 슬기, 무궁한 긍지로
일장기를 태극기로 뜯어고쳐서까지
가슴에 달고 왔던 동아일보를.

찬양하자.
동아일보 그의 숨소리의 힘과 향기 있어
이 겨레의 자랑이어니.
백두산 위 하늘의 단군 숨소리의 그 오랜 가락
그대로의 이 호흡 있어 우리 자랑이어니.

찬양하자.
두루미는 두루미 목을 늘여,
사자와 범들은 그 아가리 다 벌려,
개인 날의 아지랑이, 흐린 날의 용들도,
해도, 달도, 별들도
찬양하자. 오늘, 동아일보 갓 쉬흔 돌날을.

백두와 한라의 1974년 봄 대화

백두산

봄 되어 꽃도 피니, 무엇 이쁜 것 이얘기나 한바탕하자.

여기 공산당들은 화장품 대신 맑스 자본론으로 저의 예편네 낯바닥까지 막 도배를 하게 해서 질색이다.

처녀 총각 아이들은 우리 순 봄기운으로 숨어 서로 눈을 맞추기는 맞추지만, 이것도 겁이 나서 잠깐잠깐씩이다.

한라산

남녀가 서로 눈 맞추어 사는 것—그건 사람에겐 마지막 밑천인데, 그것까지 겁 집어먹는다니 그것 참 안되었구나.

여기서는 그 눈 맞추는 것이 좀 흔해서, 일본인 관광객들하고 잠깐씩 이부자리까지 펴는 건 안되었지만 이걸로 겁낼 건 없으니, 거기 그 일로 가슴 조이는 처녀 총각들 있건 더러 이리루 보내라.

반달 손톱자국이 상대의 어깨에 박히도록, 눈 맑고 이빨 젊은 남녀들은 먼저 으스러지게 서로 끌어안아야지!

그 두 허리에서 달래마늘 매운 냄새가 스며 배어날 만큼 으스러지게 끌어안아야 하고말고!

이게 제일 이쁜 것이고, 이러면 또 어떻게던 사는 것이라고, —여기서는 옛날부터 그래도 모두들 그렇게 그렇게 하고 있네. 벼락이 열 백 번 내릴지라도 이렇게 결국은 사는 것이라고……

백두산

거기 사람들 사상思想을 하는 마음은 어느 정도인가?

제집에서나, 공중 속에서나, 혼자거나, 여럿이거나, 마음 놓고 오고 가며 살 만한 것이냐?

여기껏들은 그게 안 되어 파이다.

제집에 돌아 오면 영 잘 안 되는 사회주의를 가지고 집회하고 집회하고 서로 경계하고 경계하고만 있는 것이다.

한라산

여기도 별수 있는 사상이랄 것도 없지만, 그래도 정이 하나 되게는 끈질긴 게 있어, 이거나 믿어 볼까 한다.

영 형편 안 닿는 사람들까지 모두 다 제 자녀는 대학까지 시켜서 다음 대는 자기보다 유능해져야만 되겠다는 부모 노릇의 정—이것은 아마 이 지상에선 지금 대한민국 것이 최고 아닐까?

백두! 나는 이것을 믿기로 했다.

이렇게 몇 대건 몇십 대건 되풀이해 가는 동안에 이들은 결국 나아져 갈 것이고, 이 정에 알맞는 사상도 만들 것이다.

백두산

고구려와 백제와 신라를 통일해 낸 김유신과 문무왕의 두 넋이 합쳐졌던 피리 소리—그 만파식적의 피리 소리가 그립군.

그게 벌써 천 하고도 몇백 년 전 일이더라?

언제쯤 이 피리 소리를 또 한번 울릴려는고?

한라산

글쎄……

하여간에 그건 그만큼 한 정이 클 수 있는 데서라야지, 그렇지 못한 데서 울리지는 않을 것이네.

산문시

당산나무 밑 여자들

질마재 당산나무 밑 여자들은 처녀 때도 새각시 때도 한창 장년에도 연애는 절대로 하지 않지만 나이 한 오십쯤 되어 인제 마악 늙으려 할 때면 연애를 아조 썩 잘한다는 이얘깁니다. 처녀 때는 친정부모 하자는 대로, 시집가선 시부모가 하자는 대로, 그다음엔 또 남편이 하자는 대로, 진일 마른일 다 해내노라고 겨를이 영 없어서 그리 된 일일런지요? 남편보단도 그네들은 웅뎅이도 훨씬 더 세어서, 사십에서 오십 사이에는 남편들은 거이가 다 뇌점으로 먼저 저승에 드시고, 비로소 한가해 오금을 펴면서 그네들은 연애를 시작한다 합니다. 박푸접이네도 김서운니네도 그건 두루 다 그렇지 않느냐구요. 인제는 방을 하나 왼통 맡아서 어른 노릇을 하며 동백기름도 한번 마음껏 발라 보고, 분세수도 해 보고, 김서운니네는 나이는 올해 쉬흔하나지만 이 세상에 나서 처음으로 이뻐졌는데, 이른 새벽 그네 방에서 숨어 나오는 사내를 보면 새빨간 코피를 흘리기도 하드라구요. 집 뒤 당산의 무성한 암느티나무 나이는 올해 칠백 살, 그 힘이 뻗쳐서 그런다는 것이여요.

단골 암무당의 밥과 얼굴

질마재 마을의 단골 암무당은 두 손과 얼굴이 질마재 마을에선 제일 희고 부들부들했는데요. 그것은 남들과는 다른 쌀로 밥을 지어 먹고 살았기 때문이라고 했습니다. 남들은 농사지은 쌀로 그냥 밥을 짓지만 단골 암무당은 귀신이 먹다 남긴 쌀로만 다시 골라 밥을 지어 먹으니까 그렇게 된다구요.

골머리, 배앓이, 종기, 태기 등 허기진 귀신한테 뜯어 먹히우노라고 마을에 몸 아픈 사람이 생길 때마다, 암무당은 깨끗한 보자기에 그 집 쌀을 싸 가지고 "엇쇠 귀신아, 실컷 먹고 잠자거라"며 "하낫쇠, 둘쇠, 셋쇠……" 하고 귀신을 잠재우는 그 잠밥이라는 걸 아픈 데에 연거푸 눌러 먹이는 것인데, 그런 쌀로만 골라다가 씻어서 밥을 지어 자시기 때문이라고 했습니다. 그러곤 자기도 역시 잠밥 먹은 귀신같이 방 안에서 평안하게 늘 실컷 자고 놀며 손발과 얼굴을 제 오줌과 뜨신 물로 깨끗하게 깨끗하게 늘 씻고 문지르기 때문이라고 했습니다.

* 편집자주—12번째 줄 '제 오줌과 뜨신 물로'와 13번째 줄 '늘'은 시인이 시집 속에 삽입해 놓아 이를 따랐다.

사과 하늘

하늘이 왼통 새로 물든 풋사과 한 개 맛이 되는 가을날이 사과나무라곤 한 그루도 없는 질마재 마을에는 있었습니다. 사과밭은 재 너머 시오리 밖에 멀찌감치 눈에 안 띄게 있었지마는 소금 장사 황동이 아버지가 빈 지게로 돌아드는 저녁 노을 짬이면 하늘은 통채로 사과 한 개가 되어 가지고 황동이네 지붕과 마당에 그뜩해졌습니다.

효자 황동이 아버지의 아버지영감님 손에만 쥐여지는 이 마을선 단 한 개뿐인 사과. 그 껍질 얇게얇게 벗겨서는 야몽야몽 영감님 혼자만 잡수시는 그 기막힌 속살 맛으로요. 또 겨우 영감님의 친손자 황동이만이 읃어먹게 되는 그 참 너무나 좋게는 붉은 그 사과 껍질 맛으로요. 그러고 또 그 할아버지와 그 손자가 그 속살과 그 껍질을 다 집어세도록까지, 그 턱밑에 바짝 두 눈을 갖다 대고 어린 목당그래질만 열심히 열심히 하고 서 있는 내 또래 아이들의 목에서 나와 목으로 다시 넘어가는 그 꿈에도 차마 못 잊을 군침 맛으로요.

깜정 수우각제의 긴 비녀

이조 ○○조 때의 고관 ○○○의 정경부인 ○○○가 그 남편의 장례 날부터 3년을 그 머리에 꽂고 지냈던 깜정 수우각제水牛角製의 이 긴 비녀를 오늘 비 나리는 날 하필이면 서정주가 골라 가지고 그의 공부방에서 혼자 만지작거리고 누워 있을 것을 이조 ○○조 때의 고관 ○○○의 정경부인 ○○○는 꿈속에서 본 머리칼 하나만큼은 알고 있었을까? 아닐까?

인사동에서도 제일 싸구려의 어느 골동가게에서 천 원을 주고 1972년 5월 ○○일 오후 ○시 ○분에 그대의 그 깜정 수우각제의 긴 비녀를 사 간 임자가 꼭 서정주일 것을 정경부인이시여 그대는 딱은 몰랐었드래도, 꿈속에서 본 머리칼 하나만큼이라도 그대와 나 사이에 다리를 놓아 내게 이렇게스리 전해 줄 만큼 한 까닭의 씨앗은 지니고 있었지? 그렇지? 정경부인이여!

이조진사李朝辰砂

이조 때의 내 친구 진사는 이 하늘 밑 영원에서는 제일로 붉고 아름다운 심장을 가졌습니다마는 그것을 아무 데도 써먹을 곳이 없어서 큰 갓 쓰고 점잖게만 속에 간직하다가 죽어서는 붉다 못해 검은 진사 물감이 되었습니다. 그래서 사내들의 백자 필통이나 연적의 어디만큼, 여자들의 깨소금 항아리나 분그릇의 어느 모서리에 삼삼히 두고두고 묻어나서는 보는 이들의 마음에 머언 천둥같이 울었습니다.

6·25사변 뒤의 1·4후퇴 때 자살했다가 우연히 구제되어 살아남은 내가 만난 진사의 한 점은 양식 없이 굶고 누운 어느 참봉 미망인 할머니의 벽장 속의 필통에 묻어 살고 있었습니다마는, 물론 나는 가난한 훈장이어서 그것을 아조 사 가지지는 못하고, 아내의 쌀독에서 남은 쌀을 갈라주고 한 달만 겨우 빌려 보았습니다. 보고 또 보고 또 보고 또 보다가 돌려주었습니다.

진사는 그래 이제부터는 또 우리 같은 시인하고는 이런 식으로 만나게 되었습니다.

얌순이네 집 밥상머리

"할머니하고 같이 밥반찬을 먹을 때는
맛난 것만 냉큼 먼저 집어세지 않도록 해라."
엄마가 얌순이 귀에 살짝 말씀하셔서
덜 맛난 것만 골라 집어먹고 있노라니
"허 고 계집애 속엔
할망구가 열대여섯 명 들어앉아서
장차 며누리 가음으론 쓸 만하겠다."
할머니는 이뿌다고 얌순이 허벅지를
따끈하게 꼬집으며 말씀하셨습니다.
얌순이가 약이 올라서
"꼬집긴 왜 꼬집어?
할머니 속엔
속없는 계집애가 또 열댓 명 들어앉았어" 하니
새로 말을 배우는 철이가
엄마 품에 안겨서 가만히 듣고 있다가
"하망구가, 기지배가, 들어앉았어."
저도 한바탕 참견을 했습니다.

떠돌이의 시

모조리 돛이나 되어

실연한 여제자가 '낙엽 같다' 줏어 온 돌이
내 눈에는 돛 단 배의 돛만 같아서
'돛'이라 새 이름 붙여 그네에게 돌리나니
사랑하는 사람들의 사랑의 낙엽들이여
모조리 돛이나 되어 또 한번 떠 가자쿠나.

망향가

회갑 되니 고향에 가 살고 싶지만
고향 위해 아무껏도 하지 못한 나
고향 마을 건너 뵈는 나룻가에 와
해 어스럼 서성이다 되돌아가네.

고향으로 흐르는 물—장수강 강물
삼십 리를 깁더 올라 언덕 솔밭에
눈썹달에 생각하네.
"요만큼이면
망향 초막 지어도 될 것이냐"고……

대구 교외의 주막에서

회갑 지낸 어느 날
대구 교외의 어느 주막까지 흘러와 보니
옆에 앉은 갈보 계집아이는
꼭 내 소학교 적 동기만 같고,
소학교가 내 인생에선 제일 좋았던 게 생각나고,
장난감도 군입거리도 따로 없던 내 소학생 때
가장 재미났던
또래의 계집아이들과 서로 몸에
간지럼 먹이고 놀던 게 불쑥 그리워
"뭐 더 할 거 있니?" 하며
그 갈보 계집아이와 낄낄낄낄 낄낄거리며
한 식경을 겨드랑에 발바닥에 서로 간지럼 먹이며
참 여러 십 년 만에 모처럼 한바탕 잘 웃고 놀다.
내 회갑 기념 시화전에서 번
오천 원짜리도 한 장 쓰윽 끄내 주고
며칠 뒤에 또 만나자고 했는데,
또 와 보니
그 애는 그새 벌써 보따리 싸

어디론지 또 한 굽이 떠돌잇길을 떠나고 없고,

딴 애하고

시인이 똑같은 흉내를 두 번

되풀이하는 것도 뭣하고 하여,

이걸로 이것도 끝장인가 하니

못내 섭섭타.

격포우중格浦雨中

여름 해수욕이면
쏘내기 퍼붓는 해 어스럼,
떠돌이 창녀 시인 황진이의 슬픈 사타구니 같은
변산 격포로나 한번 와 보게.

자네는 불가불
수묵으로 쓴 싯줄이라야겠지.
바다의 짠 소금 물결만으로는 도저히 안 되어
벼락 우는 쏘내기도 맞어야 하는
자네는 아무래도 굵직한 먹글씨로 쓴
싯줄이라야겠지.

그렇지만 자네 유랑의 길가에서 만난
사련邪戀 남녀의 두어 쌍,
또 그런 소질의 손톱의 반달 좋은 처녀 하나쯤을
붉은 채송화 떼 데불듯 거느리고 와
이 뇌성 취우의 바다에 흩뿌리는 것은
더욱 좋겠네.

짓이기어져 짓이기어져 사람들은 결국
쏘내기 오는 바다에
한 줄 굵직한 수묵 글씨의 싯줄이라야 한다는 것을
이 세상의 모든 채송화들에게
예행연습 시켜야지.

그런 용묵 냄새 나는 든든한 웃음소리가
제 배 창자에서
터져 나오게 해 주어야지.

* 편집자주 —시집에는 '한 줄 굵직한 수묵 글씨의 싯줄이라야 한다는 것을'이 '짓이기어져…' 앞에 배치되어 있으나 첫 발표지인 『창작과비평』(1975. 가을)에 발표된 형태를 따랐다.

눈 오는 날 밤의 감상

제주에서 떠돌다 맞은
회갑 해 크리스마스날 밤
눈 내리는 바닷가
주막에서 만났던 그 계집애—
고등학교 2학년 국어책에서 배웠다고
내 시 「국화 옆에서」를
고스란히 외여 읊던 그 계집애.
짓궂은 어느 술친구가 작자 나를 소개하자
내 곁에 와 내 마고자에
두 눈 묻고 흐느끼던 그 계집애.
눈 내리는 이 밤은 또 어디메서 울고 있는가.
눈물도 말라 인제는 캬랑캬랑하는가.

구례구, 화개

"아 말만 헌 점잔헌 가시내가
그렇게 픽 픽 길에서 나자빠지기냐?
제미 ○헐 것……"
구례구 앞 언 눈길에 나동그라지는 계집애보고
동행하던 아주머니가 요렇초롬 말씀하는 걸 듣고
과연 상쌍것이로다 하며 화개花開로 오니,
"아 통일 전날 신라 적 어느 눈 속에선
여기서만 칡꽃도 다 피었다고 화개 아닌가 뵈.
당나라 부처님 육조六祖가
그 머리 두고자 한 곳이
바로 여기 아니고 또 어디지러?"
노스님은 눈에 쌍심지를 켜 열변이시다.
그래 아까 상쌍것을 상양반으로 알아 뫼시기로 하다.

회갑동일回甲冬日

가고파 갈 곳도 없는 회갑 해 겨울날은
내 어릴 적 안아 주던 할머니 품 그리워
쉬흔 해 전 세상 뜬 할머니 친정 마을에 들다.

할머니 친정 마을 바닷가 노송,
구중충한 겨울 바다로 뻗은 그 푸른 가지,
솨…… 솨…… 그 가지와 함께 사운거리고서 보다.

우중유제雨中有題

신라의 어느 사내 진땀 흘리며
계집과 수풀에서 그 짓 하고 있다가
떨어지는 홍시에 마음이 쏠려
또그르르 그만 그리로 굴러가 버리듯
나도 이젠 고로초롬만 살았으면 싶어라.

쏘내기 속 청솔방울
약으로 보고 있다가
어쩌면 고로초롬은 될 법도 해라.

'거시기'의 노래

팔자 사난 '거시기'가 옛날 옛적에
대국으로 조공 가는 뱃사공으로
시험 봐서 뽑히어 배 타고 갔네.
삐그덕 삐그덕 창피하지만
아무렴 세때 밥도 얻어먹으며……
거시기, 거시기, 저 거시기……

그렇지만 요만큼한 팔자에다도
바다는 잔잔키만 하지도 안해,
어디만큼 가다가는 폭풍을 만나
거 있거라 으릉대는 파도에 몰려
아무 데나 뵈는 섬에 배를 대었네.
거시기, 거시기, 저 거시기……

"제아무리 시장한 용왕이라도
한 사람만 잡수시면 요기될 테니
제비 뽑아 누구 하나 바치고 빌자."
사공들은 작정하고 제비 뽑는데

거시기가 또 걸렸네. 불쌍한 녀석.
거시기, 거시기, 저 거시기……

비는 것도 효력은 있던 때였지.
바다는 잔잔해져 배는 떠나고
거시기만 혼자서 섬에 남았네.
먹을 테면 먹어 봐라 힘줄 돋구며
이왕이면 버텨 보자 버티어 섰네.
거시기, 거시기, 저 거시기……

용왕이 나와서 말씀하시기를—
"우리보다 센 마귀가, 우리 식구를
다 잡아먹고, 나와 딸만 겨우 남았다.
그대는 활 잘 쏘는 화랑 아닌가?
우리 다음은 네 차례니 맘대로 해라."
거시기, 거시기, 저 거시기……

거시기는 이판사판 생각을 했네.

'힘 안 주고 물렁물렁 먹히기보다
힘 다하다 덩그렇게 죽는 게 낫다.'
그래서 그들에게 마귀가 오자
젓먹이 힘 다해서 활줄 당겼네.
거시기, 거시기, 저 거시기……

그렇거면 맞힐 수도 있기는 있지.
어째서 안 맞기만 하고 말쏜가?
배내기 때 힘까지 모두 합쳐서
거시기가 쏜 화살이 마귀 맞혔네.
어쩌다가 운 좋게시리 마귀 맞혔네.
거시기, 거시기, 저 거시기……

그래설랑 그 상으로 용왕 딸 얻어
가슴팍에 꽃가지 끼리인 듯이
끼리고 살았다네, 오손—도손.
사난 팔자 상팔자로 오손—도손.
마누라도 없갔느냐, 오손—도손.
거시기, 거시기, 저 거시기……

향수

봄여름 내가 키운
내 마음속 기러기
인제는 날을 만큼 날개 힘이 생겨서
내 고향 질마재 수수밭길 우에 뜬다.
어머님이 가꾸시던 밭길 가의 들국화,
그 옆에 또 길르시던 하이연 산돌,
그 들국화 그 산돌 우를 돌고 또 돈다.

이마의 상흔

—1975년 5월 회갑 달에

세상일 더 볼 것도 없고 하여서
청평에 가 돌 하나를 업어다 놓고
한 오 년 이것하고 눈 맞추아 지내다가,
어느 날 아찔하여 이것마자 놓칠까 봐
그 옆으로 바짝 다가가다가,
불쐬주 기운 빌려 바짝 다가가다가,
힘 부치어 그만 그 돌 우에 쓰러져 버리다.
부닥친 이마의 한 줄기 피로
그만 그 돌 우에 포개어지다.

김치 타령

"김치를 먹어 보니 어디 만큼이나 갔냐?"
"고향에 미나릿강 양지 쪽만큼 왔다."
"고향에 가서는 무엇이 되었냐?"
"내 아내는 처녀가, 나는 총각이 되었다."
"환갑 진갑 넘었어도 처녀 총각만 되었다."

"억울해서 억울해서 어찌나 살지?"
"억울도 서굴도 몽땅 다 잊었지.
김치에 얼얼한 고춧가루 맛이면
억울도 서굴도 다 진땀 나 버리고
가뜬히 또 고향에 처녀 총각만 되었다."

"처녀 총각 다시 돼선 어딜 가서 살려구?"
"헌 문패를 떼어 들고 바다로 간다.
바다에 가서는 멀리 던져 버리고
바닷속 용궁의 냄새를 맡는다.
문패보단 아조 좋은 청각 냄새를……"

"신선아 바다도 다 맛보았으면은
하늘에도 한바탕은 올라가 봐야지."
"왜 아니냐, 김치 속엔 잣나무 바람,
잣나무 바람 옆엔 소나무 바람,
그 바람에 하늘 가서 또 한바탕 살자우."

꽃을 보는 법

혼자서 고향을 떠나
어느 후줄근한 땅의 막바지 바닷가나 헤매 다니다가,
배불러서는 무엇하느냐?
먹는 것도 어줍잖은 날이 오거던
맨발 벗고,
설움도 차마 아닌 이 풀밭길을
인제는 혼잘 것도 따로 없이 걸어오너라.
그리하여 어디메쯤 뇌여 있는 천년 묵은 산의 바윗가에
처음으로 눈웃음 웃고 오는 네 오랜만의 누이—꽃나무를 보리니……

어느 늙은 수부의 고백

바다를 못 당할 강적으로만 느끼고
살살살살 간사스레 항행하는 자들,
바다를 부잣집 곡간으로만 여기어
좀도적 배포로만 기웃거리고 다니는 자들,
또는 별을 어깨에 다섯쯤이나 달고도
해신에게 도전이나 일삼는 만용蠻勇 장군도
바다에 끝까지 이기지는 못한다.

앙리 룻소의 달밤 사막의 집시가
달려오는 사자를 달래 맨돌린을 울리듯
먼저 한 자루의 피리를 마음속에 지니고
나는 바다에 떴다.
바다도 잠재운다는 저 옛날부터의 피리 소리로……

그러고 내가 한 것은
바다의 신의 일족 가운데서도
그 주인이나 마누라를 직접 서뿔리 느물거리지 않고
간접으로 그 딸의 로맨틱한 마음을 사려

연거푸 연거푸 내 마음속 피리를 불고,
그래 나는 내 마음속 더 으슥한 데 감춘
한 개의 순금반지를 그녀 약손가락에 끼우는 데 성공했다.

바다의 어느 부분이 그 바다의 딸의 약손가락이냐고?
그것은 묻지 마라.
바다에 엔간히만 정말 친한 수부도
그만큼은 두루 다 잘 가남하는 일이다.

그래서 나는 그녀가 낀 반지의 빛을 신호로 다녔을 뿐이고,
내가 바다에서 거두어 온 것이란
모조리 그녀의 손이 먼저 닿은 것뿐이다.

이렇게 나는 바다에서 뺏거나 훔친 것이 아니라
늘 항상 은근히 얻으며 살아왔으니
이 앞으로도 끝까지 또 그럴 것이다.

내가 타는 기차

열두 살에 병이 나서
군산 서양 사람 병원으로 뢴트겐 사진을 찍으러 갈 때
나는 점잔하게
모시베 다듬이한 두루마기를 받쳐 입고
아버지하고 같이 기차를 탔는데,
내가 본 우리 마을 어떤 소녀보담도 더 토실토실 살이 찌고
훨씬 더 깨끗하게 씻은
전신 간지럼 먹은 웃음소리 같은
도시 소녀들의 일단一團 속에 그만 휩싸여서
오갈이 팍 들어 낯 붉어져 앉아 있었지.
내 것보단 훨씬 더 깨끗하게 드러난 그 애들 손톱 속의 반달을
구름 없는 하늘에서처럼 눈 박아 엿보고만 있었지.
트락탁탁, 트락탁탁, 트락탁탁, 트락탁……
기차 바퀴 소리의 멜로디 속에
참 그것 신기하게는 어여뻤었지.
그래 나는 지금도 그렇게만 기차를 타러 간다.
나를 오갈 들어 낯 불그레하게 하는
내 것보다 훨씬 더 깨끗한

낯선 소녀의 손톱 속의 반달을 보기 위해
그걸 제일 목적으로 기차를 탄다.

슬픈 여우

크레파스로 그려 논 사람은
오 쏠레미오를 부르며
멀리 갈 줄 모르고
사창私娼 채송화같이
쉬히 뭉캐져
구름 밑 하늘에서 설레고

수묵으로 그려 논 사람은
노래도 없이
솔밭 속 절간을 지내서
푸리즘에다
그 핏빛 맡겨 버리고는
햇빛보단 더 먼 데로
쑤욱 들어 가 버리고

목적 없는 새벽 땅의 네 갈림길 우에서
가노라 간다
육자배기밖에 모르는

색신色身 슬픈 여우는

물구나무 서 물구나무 서

아직도 십 리쯤

둔갑해 스러지는 연습을 하고 있다.

절벽의 소나무 그루터기

—고故 수주 변영로 선생의 영전에 삼가 이 글을 바친다

막걸리도 바닥나 말라붙던 일정 말기
시인 고故 변영로가 동대문까지 가서라던가
어느 친구네 제삿방에서 겨우 몇 잔 얻어 마시고
밤늦게 내리는 빗속을 주춤 걸어서
한강가 자기 움막집으로 혼자 돌아오다가
절벽에서 미끄러져 쭈루루 강으로 내려가다가
운 좋게도 사타구니에 걸렸다는 그 소나무 그루터기
밤내 손발로 허우적거리면서도
그 걸린 덕으로 아주 빠져 죽진 못하게 하고,
고함치고 고함치다 새벽 지새는 소달구지꾼에게
구제되게 했다는
그 고마웁디고마운 소나무 그루터기.
그건 어디쯤인가? 어디쯤인가?
내 오늘은 비 내리는 오후의 명수대 밑 한강가를
거닐며 거닐며 눈여겨 찾고 있나니……
한 잔 술도 오히려 진부하여 마시지도 못하고
찾고 있나니…… 찾고 있나니……
아! 또 억수로 비 퍼붓는 내 넋의 절벽에
내 소나무 그루터기는 어디메쯤 있는가!

박용래

아내와 아이들 다 직장에 나가는
밝은 낮은 홀로 남아 시 쓰며 빈집 지키고
해 어스럼 겨우 풀려 친구 만나러 나온다는
박용래더러 "장 속의 새로다" 하니,
그렇기사 하기는 하지만서두 지혜는 있는 새라고 한다.
요렇처럼 어렵사리 만나러도 나왔으니,
지혜는 있는 새지 뭣이냐 한다.
왜 아니리요.
대한민국에서
그중 지혜 있는 장 속의 시의 새는
아무래도 우리 박용래인가 하노라.

제주 이용상의 음주 서序

술집에 가자 해서 따라나섰더니
한라산 중턱 노송나무 그늘로 가
내려 쌓인 눈 한바탕 밟자 하고
바닷가로 내려와서야 덤으로 차리는
제주 이용상의 술의 서문이여.

찬술

밤새어 긴 글 쓰다 지친 아침은
찬술로 목을 축여 겨우 이어 가나니
한 수에 오만 원짜리 회갑시 써 달라던
그 부잣집 마누라 새삼스레 그리워라.
그런 마누라 한 열대여섯 명 줄지어 왔으면 싶어라.

구멍 난 고무공

'부라질'로 벌이 간 즈이 아범이 불러서
지난겨울 가슴에 꼬리표 달고 혼자 떠난
국민학교 4학년짜리 내 어린 손자 아이
가지고 놀던 구멍 난 고무공
언제나 뜰 한구석에 동그랗게 놓여 있더니
언제 누가 멋모르고 밟은 것이냐
오늘 저녁땐 움푹하게 쭈구러져 있는 것을
바람 넣어 다시 펴서 또 동그랗게 해둔다.

?

무엇을 하려고 문밖을 나서다가
그만 깜박 그게 무엇이었던가를 잊어버린다.
그 대신에 생각나는 것이 한 가지 있다.
인생이란 바로 이렇게 걸어 나와서
그만 깜박 그게 무엇이었던가를
잊어버린 것 아니냐는 것이다.
그리고 이게 사실은 나은 편이니까
이렇게 되는 것 아니냐는 것이다.

뺀디기

예수의 손발에 못을 박고 박히우듯이
그렇게라도 산다면야 오죽이나 좋으리오?
그렇지만 여기선 그 못도 그만 빼자는 것이야.
그러고는 반창고나 쬐끔씩 그 자리에 붙이고
뺀디기 니야까나 끌어 달라는 것이야.
"빼억, 빼억, 뺀디기, 한 봉지에 십 원, 십 원,
비 오는 날 뺀디기는 더욱이나 맛좋습네."
그것이나 겨우 끌어 달라는 것이야.
그것도 우리한테뿐이라면 또 모르겠지만
국민학교 6학년짜리 손자놈들에게까지 이어서
끌고 끌고 또 끌고 가 달라는 것이야.
우선적으로, 열심히, 열심히, 제에길!

한 발 고여 해오리

이동백李東伯이 새타령에
'월명月明 추수秋水 찬 모래
한 발 고여 해오리' 있지?

세상이 두루두루 늦가을 찬물이면
두 발 다 시리게스리 적시고 있어서야 쓰는가?

한 발은 치켜들어 덜 시리게 고였다가
물속에 시린 발이 아조 저려 오거던
바꾸아서 물에 넣고 저린 발 또 고여야지.

아무렴 아무렴 그렇고말고.
슬기가 별 슬기가 또 어디 있나?

제8시집

서으로 가는 달처럼…

— 세계기행시집

시인의 말

여기 실은 세계 기행시 116편의 시작품들은 내가 1977년 11월 26일로부터 1978년 9월 8일까지에 걸치는 동안에 이 세계의 오대양 육대주를 자유로이 헤매고 떠돌아다니며 보고 듣고 생각하고 느낀 것들을 방랑 여정의 순서를 따라 표현해 놓은 것들이다. 열 달이나 되는 동안을 육십이 넘은 나이로 무거운 짐들을 메고 끌고 이어서 떠돌아다니기는 많이 고단키도 한 일이어서 '도중에 죽게 되면 죽자'는 결사적인 작정이 필요했었다. 그래 중미의 멕시코에서는 45퍼센트의 객혈을 하고, 거기 사람 피를 사 수혈을 받고 재출발해 나서기도 했던 것이다.

미국과 캐나다, 중남미 여러 나라들과 아프리카 몇 나라, 유럽 14개국과 근·중동과 호주와 동남아의 나라들을 이어 떠돌면서 각기 다른 진풍이속珍風異俗이나 세태인정世態人情, 자연과 문화의 특장점, 그런 것들을 우리나라 것과 대조하며 열심히 보고 듣고 다닌 점에서는 나도 물론 딴 여행객들과 마찬가지였지만, 특히 내가 독자적으로 눈독을 올려 찾기에 골몰하고 다닌 건 외국 사람들이 살고 있는 심층의 생의 매력의 간절함이었다. 물론 이것은 그들의 오랜 전통과 아울러서다.

그리고 또 물론 어느 경우에도 나는 나대로의 판단과 심미 표준에 따른 문명비평의 안목을 감고 있은 일은 없었다.

1979년 11월 26일

관악산 봉산산방에서

1
미국 편

카우아이 섬에서

카우아이 섬의 정글 속 냇물가의 언덕 위에는
자는 걸 돌로 치면
종소리 내어 우는 바위도 있어,
나도 고로코롬 한 이십 년
한번 잘 자 봤으면 좋겠다고
그 옆에 가 나란히 누웠어 보다.

마리화나 재배가 잘 안 되는 때는
마을 것 슬슬 훔쳐 지내기도 한다는
U. S. A의 명문자제—그 애숭이 히피들
그 애들의 소굴도 에서 멀진 않거니,
가서 그 애들하고 놀 수도 있지만
비려, 비려, 이 애들은 유치원생같이만 비려,

그래도 국민학교 6학년짜리는 되는
서럽고도 안 서러운 노래 잘 부르는
하와이 아줌마나 하나 짝할까 하다.

궂은날일랑 정글 안 굴속에 들어
옥토끼 절구방아 찧듯이
쿵 더 쿵, 쿵 더 쿵!
절구춤이나 한바탕씩 추옵시고,
그다음은
많이 자옵시고,

누가 나를 되게는 건드려서
돌 맞은 종바위처럼
감각 울려 성가신 날은
웃는 것이 우는 것 같다가
우는 것이 웃는 것같이만 되는
저 블루베리아 꽃관을 쓴
하와이 아줌마 노래를 듣겠노라.
U. S. A 마리화나 히피보다는 덜 유치한
국민학교 6학년짜리
하와이 아줌마 노래를 듣겠노라.

* 카우아이 섬은 예쁘게 가꾼 뜰같이 아름답다는 느낌으로 '가든 아일랜드'라는 별명으로도 불리우는 섬으로, 하와이 여러 섬 가운데서도 가장 예쁜 섬이다. 이 시에 나오는 '종바위(Bell Stone)'는 이 섬의 정글 속의 강 와이루아의 한쪽의 나지막한 언덕 위에 옛부터 놓여 있는데, 주먹만 한 돌막을 주워 들고 이걸 치면 좀 둔탁한 대로나마 거의 종소리같이 울리긴 한다.

네바다 사막

아무껏도
안 먹고 사는
쥐나 있다면

그 쥐나
먹고 사는
독사나 살까?

아!
아무껏도
아무껏도
살 수는 없이 생긴
빼석빼석 황막키만 한
네바다! 네바다!

* 네바다 사막은 물론 미국의 네바다 주에 있는 사막으로, 저 유명한 '죽음의 계곡'도 이 사막 한 구석에 있다.

라스베가스

정직하게 말해서
하늘 속 일은 아직 다 모르지만
땅 위에 밀매음녀는 어느 나라에나 있것다.
도박꾼도 또 그렇것다.
항시 수갑 채워 봐선 뭘 하나?
몽땅 다 풀어 놓아
라스베가스나 만드세!
그러세!

한 마누라만 데리고 자면
딴 여자 생각나고,
한 사내만 끼리고 지내면
딴 사내도 품고 싶은데,
꼭 하나에 하나씩일 필요가 있나?
하나에 서너 명씩 안고 딩구는
라스베가스나 꾸미세!
그러세!

그래 만든 라스베가스라곤 하더구만서두
나는 이미 예순다섯 살이나 된 한국 촌사람
이런 것엔 아직도 인이 안 박혀
아무래도 수상하여 의심만 생겨

햇빛보다 갑절은 밝은
무법의 법 밤거리를
겨우 1달러짜리 카지노에
루레뜨 판에 가 끼었는데,
그래도 껍데기까지 안 벗기운 것은
내 그 의심증 때문이었네!
한국 촌놈인 때문이었네!
겨우 이것 하나 덕분이었네!

콜로라도 강가의 인디언처럼

그대.
독 안에 든 쥐처럼이라도
그대 따라 살기 좋아하는 애인이라도 있다면
빌어먹을 놈의 것!
아무 데거나 이민이라도 가서 살아도 좋다면
땅 위에 한 군데 좋은 데가 있네.
그랜드캐년 속의 콜로라도 강가로 오게.

원래부터가 우리 닮은 인디언들
죽어도 항복은 못 하는 아메리카 인디언들
싸우다 모조리 죽고 마지막 남은 인디언들
끝장으로 숨어 사는 그랜드캐년의 밑바닥
저승으로 가는 뱃길 같은 콜로라도 강가로 오게.

그 어느 때 지진地震님이 만들어 논 혜택이냐?
몇천 길씩 빠개어진 돌산 밑바닥을
콜로라도는
마지막 갈 곳 없는 사람을 위해 흐르는 강.

흥부의 제비나 물어다 주었을
옥수수나 그 강둑에 심어서 먹고
생사生死가 마냥 같은 사람들이나 살고 있는 곳.

오르내리기에 콩이나 발바닥에 생기지 않게
당나귀 한 마리 데불고 오게.
그래 이 콜로라도에 비 축축 내리는 밤은
엔간히 호젓키사 호젓할 걸세.
제길할!
호젓하면 되었지, 또 무엇 있나?

* 그랜드캐년은 네바다 주와 연접한 애리조나 주에 있는 산과 산 사이의 대협곡을 말하는 것이다. 그러나 이 대협곡은 우리나라에서 보는 것 같은 뾰족뾰족한 산 사이의 큰 골짜기 같은 것이 아니라, 평평하고 다색다채한 암반만의 벌판에 어느 때 무슨 지진으론지 널찍널찍한 균열들이 생겨, 그 균열 밑바닥에선 콜로라도의 긴 강물이 흘러가고, 그 강 가까운 데선 인디언들이 숨어 살고 있는 일대를 그렇게 부르고 있는 것이다. 그러나 이 암반의 벌판도 오랜 풍화작용으로 나무가 자랄 만큼 흙으로 녹아난 곳도 드물게 있어, 그런 곳에선 아주 완강한 나무, 유타 주니퍼 같은 것의 수풀도 더러 이루어져 있었다. 인디언들이 이 그랜드캐년 밑바닥의 콜로라도 강가의 그들 마을에서 비탈길을 타고 올라와 바깥세상의 입구에까지 왕래하는 데는 아직도 쬐그만 옛날의 당나귀들을 사용하고 있다.

요세미테 산중에서

미국 로키 산맥의 요세미테 산중을 더듬어 가고 있을 때에도 서정주 나는 하나가 아니라 열대여섯 명쯤은 되어 있었습니다. 내 맘대로 못 다룬 강력強力들의 틈바구니에서 어느새 몸에 밴 술주정뱅이로, 그보다도 더 좀스런 색골 잡것으로, 그럭저럭 어리무던한 회장이니 교수니 가장이니 하는 것으로, 매우 여러 사람의 정실情實의 애인으로, 서투른 유태인 같은 못난 수전노로, 그러다가 때로는 저 구름 덩어리들로—작은 구름, 큰 구름, 중치 구름 덩이로, 또 영원으로 영원으로 울리는 종으로, 울리다간 멎고 멎고 하는 종으로…… 아마 열대여섯 명도 더 되는 내 분신들의 한 단체가 되어 걸어가고 있었습니다. 제각기 목청이 다른 딴 소리들을 하면서 말씀입죠.

그런데 말씀야, 어디선가 꼭 귀신들이 씨나락을 까먹는 것 비스름한 소리가 무더기로 들려서 좀 더 잘 들어 보니 그건 그게 아니라 꿀벌 떼가 몽땅 모여 윙윙거리고 있는 소리 같았습니다. 내 분신들의 늘푼수 없는 충돌의 소란 때문에 저주할 걸로 처음은 들었던 것이 가까이 잘 들어 보니 찬송과 축복의 소리인 것이에요. "날씨가 좋으니 꿀벌들이 찬송가를 꽤나 잘 부르는군." 같이 가던 내 제자더러 나는 말했었지요. 그랬더니 나보다 그걸 더 잘 아는 제자는 "그건 벌 떼가 아니라, 피도 심장도 아주 썩 좋은 낙원의 새들의 콧노래"라 합디다.

내 제자가—아니 지금은 내 스승이 손가락질해 가리키는 큰 사이프러스 나무 쪽을 보니 사이프러스는 그저 사철 청청키만 한 한낱 상록수일 따름인 것인데, 그 속에서 무얼 보고 그러는 것인지, 마치 큰 대추알만큼씩 한 자잘한 새 떼들이 한 백 마리쯤은 너끈히 되게 거기 떼지어 돌며 원무를 하면서 모두 다 똑같은 소리로 하나가 되어 무얼 열심히 찬양하고 있는 것이었습니다.

'허밍 버드(Humming Bird)'—그래 나도 이 허밍 버드 떼들이 하고 있는 것 같은 찬송의 합창을 내 야단난 마음속의 분신들에게 연습해 보라고 권고할 마음을 내게 되었는데, 그게 그리 잘될 일일깝쇼?

쌘프란시스코

"제늘맨(Gentleman)…… 제늘맨……

금문교에 반달이 정말 좋습네요.

보서요

목포 선창가에서

코리언 제늘맨께서 사 자시던

큼직한 꽃게도 인줏빛으로 잘

바닷가에 산더미로 삶아 놓았네요.

한 개 집어 자셔요. 제늘맨…… 제늘맨……

그러고는 또 무엇 딴것 할 것이 있는가?

어서 들어오라구! 괜히 서성거리지 말고……

금빛 머리, 바암[栗]빛 머리, 밤[夜]빛 머리

온 세상 이쁜 색시는 모조리 잡아다가

몽땅 발가벗겨 눕혀 놓았다.

잡것아!

어서 썩 우리 영업집으로

들어올래? 안 올래?"

쌘프란시스코의 이쁘장한 밤거리를 지나노라면

아주나 점잔한 탁시도 차림으로
콧수염도 깨끗이 면도해 달고
어느 옛날 왕실의 시종인 양 숙이며
"제늘맨…… 제늘맨…… 들어오서요."
나긋이 나를 부르는
실없는 친구들이 줄 늘어서 있나니,
그 속은 보나 마나
이 글 1절에 내가 쓴 그대롤 것이라,
쌘프란시스코를 두곤
지금 더 좋은 시가 생각이 안 나서
이거나 대신으로 여기 적어 두노라.

샌디애고의 한국 금잔디

흐트러진 숨결
바다에 맞추어 풀고 가려고
남태평양 해안의 라호야에 갔던 길에
샌디애고의 수족관에 들렀더니,
믹끔믹끔한 일본 여자들이
물안경 쓰고 헤엄치면서
진주조개 건져 내는 쇼를 하고 있는데,
거기서 엎디면 코 닿는 곳엔
높지막한 바위들이 솟은 아래 양지에
우리 한국 금잔디가 깔려 살고 있습디다.
"이 무식한 사람아
선비가 여독은 웬 여독인가?
숨결이 흐트러져 못 가겠다니
그게 말씀인가? 막걸리인가?"
나보고 차근차근 나무라셔서
내 여독은 금시 제깍 멎었습니다.
그래서 손등으로 눈을 문질러
또 먼 길을 떠날 힘을 얻었습니다.

* 샌디애고는 미국 캘리포니아 주의 남태평양 가에 있는 항구. 여기에 있는 수족관은 세계적으로 큰 것이다. 라호야는 샌디애고 가까운 곳의 아름다운 바닷가 휴양지.

케네디 기념관의 흑인들을 보고

—텍사스 주 달라스에서

'깜둥이는 보기 싫고 흉악하다'고
누가 말하는가?

텍사스의 달라스
케네디가 총 맞아 쓰러져 누운 곳
케네디 기념관에 들러서 보니
여기 있는 깜둥이들은 그렇지가 않더라.

그들을 사랑하여 그들을 돕다가
암살당한 것이라고 생각하는 때문이겠지.

그들의 얼굴은 두루
케네디를 존경하는 경건뿐이고
케네디를 사랑하는 그리움뿐이어서
성당 속의 좋은 성직자들만 같더라.

누가
'깜둥이는 야비하고 잔인하다'고만 하는가?

왜 사알사알 피해만 가는가?
그러니까 깜둥이는 노여워하고
그래서 깜둥이는 반항해 일을 저지르는 것이다.

케네디의 반만큼만이라도 본심으로
그들을 아끼고 사랑해 주어 봐라.
깜둥이들은 미국 제일의 애족자愛族者라도 될 것이다.

루이지애나 밀림 속의 외론 고양이

치운 겨울날, 뉴올리언스에서 스라이들 사이의 세계에서 가장 긴 다리—판처트레인 호수 위의 24마일이나 되는 다리를 건너, 그 한정 없이 칙칙한 루이지애나 주립공원의 밀림 지대에 내가 들어선 것은 결국 무슨 전생의 인연으로 나를 거기서 기다리고 있었던 한 마리의 지극히 외로운 고양이를 만나기 위함이었습니다.

한 사람의 교포 유부녀 전 여사와 그네의 다섯 살짜리 사내아이와 나 세 사람밖에는 피 가진 어떤 목숨의 서성거림도 이 루이지애나 밀림 속의 겨울의 을씨년스런 너댓 시간 동안에는 전혀 없었던 것인데, 문득 "니야아웅……" 소리 하나가 어느 낙엽 깔린 오솔길로부터 일어나서 황막한 미국의 전토에 잦아들며, 우리 세 사람 곁으로 흙이 참 오래 혼자 바래다가 빛이 엷어지고 만 것 같은 빛깔의 중키의 고양이 한 마리가 어슬렁어슬렁 벗하자기 미안한 듯이 다가오고 있는 것이었습니다. 다가와서는 우리 턱주가리 밑에 새로 돋아나려는 혹이랄까, 아니면 며누리발톱이랄까, 또 아니면 우리 눈이 밝지 못해 아직은 잘 안 보이던 우리 셋의 그림자의 그림자처럼 아주 겸손하디겸손한 발걸음으로 우리만 뒤따라 다니고 있었습니다.

그래, 우리 셋 중에서 제일 먼저 이 고양이와 친구가 된 건 자연히 우리 셋 중에서 제일로 눈이 밝은 우리 다섯 살짜리 꼬마여서, 꼬마는 말

없이 그 고양이의 등을 쓰다듬어도 주고 고양이는 또 그의 손등을 제애인 핥듯 핥아 주고 있었는데, 우리 전 여사께서는 턱주가리에 돋겠다는 혹도 며누리발톱도 그림자의 그림자도 함께 데불고 살기를 좋아 않는 성질인 듯 "꼬마야 인제 고양이한테 작별인사를 해라" 하곤 차의 운전대에 올라 시동을 걸기 시작했고, 나는 또 전 여사와 꼬마의 중간인 것이라 그냥 침묵만 지키고 있을 수밖에 없었습니다.

그리하여 잔 사설 빼고 말하자면 그 고양이를 같이 데불고 가자고 울먹이며 떼쓰는 아이를 전 여사는 내 침묵 속에 억지로 차에 끌어들여 앉히고 투루루루 돌아가는 차의 기동의 톱날로다가 그 고양이와 우리 사이의 그 유대랄 것을 싹독 끊어 버리며 돌진해 가기 시작했는데, 이건 역시나 아픈 것이어서 아이는 집에 닿도록 흑흑거렸고, 전 여사도 집에 가선 "데불고 올걸……" 하고 뉘우쳤고, 나도 이 글을 쓰는 지금도 그 "니야아옹!" 소리를 기억만 하면 골통이 휑뎅그르해지는 것입니다.

노스캐롤라이나의 노처녀 미스 팍스

미국 노스캐롤라이나 주에서 군郡 도서관장을 오랫동안 지내다가 정년퇴직한 예순여덟 살의 노처녀 팍스 양에게 "용하게 잘 견디셨군요." 내가 위로의 말을 한마디 했더니, 대답 대신 그네는 빙그레 웃으며 나를 이끌고 그네의 쬐그만 식물원 방으로 가서 분홍빛 동백꽃 한 송이를 꺾어 내 저고리 웃호주머니에 꽂아 주며, 어떤 화분에 심어져 있는 일년생의 풀꽃 한 무더기를 손가락질하면서

"이 꽃 이름은 '못 견디는 꽃'이라고 합니다" 했다.

"보세요. 잎사귀만 만져도 부들부들 떨고, 씨를 배면은 누가 거기 살짝 스치기만 해도 그만 그걸 터뜨려 와르르 제 씨를 쏟아 버리죠."

"미스 팍스. 그럼 당신은 무슨 재미로 살아오셨나요?"

내가 물으니, 거기에도 그네는 대답은 않고, 다시 그네의 거실로 나를 데불고 가 자리에 앉힌 다음에 이번에는 "팬니!" 하고 잔잔하고 조용한 소리로 불러 그네의 누이동생이라는 또 한 할머니를 내게 소개해 주었다.

"내 누이 팬니는 귀머거리요. 그래 둘이서 서로 도와 여지껏 살아왔어요."

"호머의 『오디씨』가 생각나는군. 그 무어던가 하는 섬에선 어떻게나 곱게 우는 새들이 사는지, 배 타고 가던 사람들이 그 소리에 홀려 그 섬

을 갔다간 모조리 목숨을 뺏기고 만다고, 오디시어스는 같이 배 타고 가던 그의 부하들의 두 귀를 모조리 초로 틀어막게 했었지요. 하늘이 오디시어스 노릇을 해서 댁의 누이를 도우신 것인가 보오."

나는 또 위로의 말을 안 할 수 없어 또 그걸 했더니, 이번에도 그네는 역시 대답은 않고, 나와 그네의 누이동생까지를 일어서게 하여 또 이끌고 창 쪽으로 가서 그걸 드르르 열어제치고, 때마침 하늘에 자욱히 돋은 또렷또렷 빛나는 별들을 손가락질해 가리키고 있었다.

"참 성하지요?"

워싱턴 DC

미국의 수도—워싱턴 DC에서 볼 것 같으면
미국의 백인시민 제씨諸氏는
너무나 점잔하고 또 겸손하오.
깜둥이가 웅뎅이를 들이미는 쪽쪽이
슬슬 비끼어 가시노라고
워싱턴 DC의 깜둥이 수는 이미 65퍼센트,
시장님도 흑색으로 모시게 됐으니깐……

그건 그렇긴 하지만서도
해만 지면 깜둥이들이 왜 저 행패지?
왜 저리 원수져서 육혈포를 빼들지?

워싱턴 DC에는
무언가 모자란 것이 있기는 있다.
무언가 얼빠진 것이 있기는 있다.
사랑이란 것도 제대로는 다 못된
무언가 반편인 것이 있기는 있다.

텐 달라 모어!

—동양의 어떤 잡신雜神 ×군의 고백

서장

깜둥이, 흰둥이, 노랑둥이, 어느 거나
여고 2, 3학년 또래의 계집애들이
한 서른 명쯤 모조리 발가벗고
춤을 추고 있다가설라믄
손님들의 술상마다 술을 날라오는데,
뭐를 어찌 예삐 봤는지
동양인 저에게는 깜둥이가 하나 차례 왔었죠.
맥주도 공손히는 따를 줄 모르고
쪼르르르르…… 오줌 누듯 퍼붓기에
"너 몇 살이니?" 하고 물었더니
"열여덟 살입죠." 테프를 끊듯 싹둑 대답하고,
더 묻지도 않았는데
"나, 애기 두 개 가졌다. 장가 들래?" 해요.
그러니까, 옆에 있던 뚜쟁이가 나더러
"거, 자네, 재수 무척은 좋네.
미국이란 데는 사회보장제도가 좋아서
무슨 여자건 새끼를 셋만 낳걸랑

그 서방 녀석까정도
판 판 놀고도 굶어죽을 순 없다네.
으때? 하나만 더 만들어 보지 않갔나"여서
서장은 끝났습죠.

본장
두 애기의 어머니—그 열여덟 살짜리 깜둥이 계집애에게
끌려 들어간 곳은 역의 공동변소 그대로
도어도 많았는데,
한 도어를 열고 들어가니
군용 침대가 있어
재촉하는 대로
요금을 먼저 꺼내 주고
재촉하는 대로
그 짓을 시작했는데,
겨우 마악 내 그것이 쓸 만해지면
"텐 달러 모어!(10달러만 더 내라!)"
하고는 쑤욱 빼 버리고,

"야, 야, 10달러 여기 있다." 그걸 주고서
또 마악 내 '거시기'가 쓸 만해지면
다시 또 "텐 달러 모어"가 되고,
또 텐 달러 모어가 되고,
또 텐 달러 모어가 되고,
또 텐 달러 모어가 되고, 또 텐 달러 모어가 되고, 또 텐 달러 모어가 되고, 또 텐 달러 모어가 되고, 또 텐 달러 모어가 되고……
19세기 미국 시인 E. A. 포오에게 있던
그 '네버 모어' 같은 건
약으로 쓸래야 영 보이질 않고,
텐 달러 모어
텐 달러 모어
텐 달러 모어……
맨 그것뿐이더군요.
어유, 어유, 나무대비관세음.

* 이 시에 응용된 19세기 미국의 시인 E. A. 포오의 네버 모어(never more)란 말은 그의 작품 「큰 까마귀The raven」에서 되풀이되고 있는 말로서, 이 시의 주인공의 죽은 애인 레노아는 '다시 더는 없다'는 뜻으로 쓰여지고 있는 것이다.

시카고의 나의 친구 미스 티클

티클(Tickle)이란 영어 단어의 뜻은 '간지럼을 먹이다'라는 동사이기도 하고, 거기 해당되는 명사이기도 하니, '시카고의 나의 친구 미스 티클'이라면 물론 시카고에 살고 있는 내 친구로서 특히 그 '간지럼 먹이기'를 가지고 나와 친구가 된 한 미혼녀를 말하는 것입니다.

내가 미국을 두 달째 떠돌고 있던 1978년 1월의 어느 눈이 되게 내리는 날, 그네는 그네의 부모님과 함께 나를 처음 찾아와서 나를 시카고의 어떤 절간의 부처님 앞으로 안내했는데, 거기서 내 호텔 방으로 돌아와서는 누가 먼저 소원했던지 그건 아스라하지만, 두 눈을 서로 빤히 마주보고 있자니 둘이 다 그걸 원하고 있는 것만은 확실하여서 후다닥딱 달려들어 둘이서 번갈아 가며 간지럼을 먹이기 시작한 것이, 뒤에도 만날 때마다 그 짓을 주로 되풀이하고 지내게 되었던 겁니다.

하기는 나는 너댓 살 때의 너무나 나이가 어렸을 적부터 심심해서 이 짓을 배워, 너무나 허전하여 울고 싶을 때마다 나이가 든 뒤에도 꽤나 여러 번 이 짓을 가까운 친구하고는 되풀이해 온 터니까, 새삼스레 괴상할 것은 없습죠.

내 나이 네 살 때던가 다섯 살 때의 어느 겨울밤 그때도 눈이 잘 내리고 있었는데, 내 어머니와 어린애 아닌 식구들은 모조리 아랫마을 외갓집으로 제사를 지내러 내려가시면서, 부엉이가 "부우웃!…… 부우웃!" 울어 대는 밤을 나 혼자서는 못 견딜 것이라 하여 이웃집 내 또래의 친구 황동이를 하나 데려다가 내 옆에 놓아두었었는데, 그때 우리는 뭐라고 그 말이라는 것을 해보고 놀다가 그것만 가지고는 아무래도 안 되어서 서로 몸뚱이의 부분들을 만져 보며 다시 놀기 시작한 것이, 문득 발바닥을 만지는 데 이르러 그게 아주 신바람 나게도 간지러워 재미나는 걸 발견하곤, 난생처음으로 '그 간지럼 먹이며 놀기'라는 걸 해본 뒤로는 아주 여기 맛을 들여서 틈틈이 할 수 없으면 이것은 가끔 되풀이 되풀이해 온 것이니깐요.

그런데 내가 일생동안 사귀어 온 간지럼 친구 중에서도 바로 작년 정월 내 나이 예순네 살 때 그걸로 사귄 그 시카고의 미스 티클이 오늘은 눈이 너무나 잘 오시니 제일로 잊히지 않습니다. 왜냐면 그 애는 아주 순하고 부드럽게 간지럼을 잘 타는 계집애여서, 사내들하고만 많이 그러고 놀아 온 내게는 첫째 간지러워 못 견뎌 웃던 그네 웃음소리가 너무나 너무나도 예뻤었으니깐요.

그 계집아이의 나이는 몇 살이나 되었었냐고요?

그 아이의 나이는 그때 다섯 살. 내 나이도 그때는 또 다섯 살.

링컨 선생 묘지에서

너무 가난하여 학교에도 못 가서
키보다 좁은 방에 웅크리고 앉아
밤마다 혼자 공부만 하던 의젓한 아이.

강물에 빠진 동전 한 닢도
목숨처럼만 대견했던
숫스럽디숫스럽던 촌뜨기 사공.

불행한 사람들에겐 늘 인자하고
부당한 강권 앞엔 언제나 단호했던
단단한 키다리의 우리 털보 변호사.

미국 남북통일을 기어코 만들어 낸
미국 이백 년사의 제일 큰 대통령.

다리에 쇠사슬을 차고
경매대 위에서 싼 거리로 매매되던
전 미국의 깜둥이 노예들의 해방자.

그 가장 서러웁던 자들의 애인.
그 까닭으로 암살당한
성聖 에이브러햄 링컨 선생님.

시카고의 미시건의 얼어붙은 만 리 호수에
유난히도 햇빛 잘 나 그분이 생각나서
스프링필드 천 리 길을 그분 묘에 갔더니
어디서 나룻배를 젓다가 금시 갈아입고 서 있는 양
그는 이미 오랜 동상으로 굳어 서서
아직도 많이 꾸무럭한 얼굴로
"사랑이 모자라요.
당신들도 우리 미국 사람들이나 마찬가지로
사랑이 모자라. 사랑이 모자라" 하십디다.

우리 한국식으로
맥주를 따루어 고스레를 하고 나서
한 잔 그득히 부어 올렸더니
이 곡차 한 잔만은 그래도
주욱 들이키시고……

폭풍설 속 버팔로행 비행 편

시카고에서 버팔로까지는

한 시간이면 날아가는 걸

하늘의 폭풍설을 만나 헤매 다니노라고

대여섯 시간은 걸렸다던가?

스튜어디스가 내 어깨를 되게는 흔드는 바람에

잠 깨어 보니 벌써 이경二更이 이슥할네라.

하늘하고 내가 멍청하게는

배가 잘 맞았으니 망정이었지

뜬눈으로 겪었더라면

고것 참 고 대여섯 시간 아찔할 뻔했어라.

나이아가라 폭포 옆에서

나이아가라 폭포를 보고 듣는 사람들은
그 넓이 750미터, 그 높이 48미터의 나이아가라 폭포가
그 넓이 750미터로, 그 높이 48미터로
한번 목청을 돋궈 통곡하고 있는 것을,
동시에 "아야야야야야야야야야야야!……"
아파서 아파서 못 견디어서
비명을 울리고 있는 걸 까마득히 모르고
"좋아서 그러는 거라"고
헷점을 치며 엉터리로 좋아들 한다.

그러나 사실 이것은
사실 그대로
넓이 750미터의, 높이 48미터의
아마도 몇억만 명은 좋이 넘는 사람들의
피의, 피의, 피의, 피의 합쳐진 폭류瀑流인 것이다.
그나마 피의 그 붉은 빛마저
햇볕에 두루 증발당하고 만
너희들의 선인들의 빛바랜 피인 것이다!

그나마
사람이었던 그 피 그대로도 못 지니고
온갖 땅 위의 동물들의 피,
온갖 식물들의 수분과 잡탕 되어서
더 아야! 아야야얏!
더 아이고! 아이고고고!
흘러 쏟아져 내리고 있는 그것인 것이다!

조용히 좀 생각해 보아라.
얼마 전까지 체온을 맞대고 살다가
숨넘어간 그대들의 어머니, 아버지,
그대들의 애인의 피를!
그들의 피만은 안 증발되고
구름도 안 될 수도 있는가를,
구름 되려 증발당할 때에
붉은 그 빛깔과도 이별해야 했던 것을!

아니라고 할 수가 누가 있는가?

아니거든 증거를 어디 한번 대어 봐라.

이 땅 위에 살던 인류와 동식물의 그 많은 피들이

대기권을 벗어나 어느 하늘에 가 고일 수나 있는가를……

한용운 선생도 말씀하셨듯이,

이 나이아가라 폭포도

'돌뿌리를 울리며……' 흐르다가 쏟아져 내리는

우리들 사람들의 선인들의, 애인들의

피들도 합쳐 우는 폭류인 것이다!

아야야야야야야얏 아파하는 외오침인 것이다!

* 여기 다루어진 나이아가라 폭포는 미국 쪽과 캐나다 쪽의 두 나이아가라 폭포 중에서 훨씬 더 큰 것인 캐나다 쪽 그것이다. 또, 여기 인용된 한용운 선생의 '돌뿌리를 울리며……'라는 표현은 그의 시집 『님의 침묵』 속의 「알 수 없어요」라는 시에 보이는 구절인데 '흐르는 시냇물이 어찌나 서러운지 그 몸에 닿는 돌의 뿌리까지를 울게 하며 흘러가고 있다'는 느낌을 담은 것이다.

2
캐나다 편

오타와 60리 링크의 엄마와 애기의 스케이팅

하늘 밑에서 가장 치운 수도 오타와.
오늘은 겨우 영하 25도의 맑은 날씨니
캐나다 사람들의 스케이팅엔 알맞는 온도라.

오타와 강 60리의 꽁꽁 언 기인 링크를
물 찬 제비 날 듯하는 남녀의 스케이터들은
모두 다 모다 슬슬이 동풍東風인데,
귀때기가 새파란 젊은 엄마의 뒤꽁무니를
다르르르 따라가는
두 살이나 세 살짜리 애기도 보여라.

언제 어디서 까서
무엇으로 훈련시키다 데불고 나왔는지,
썰매에 묶어 태워 꽁무니에 매달고는
하늘의 어디 친정에나 가는 듯
지쳐 가고 있어라.

불쌍한 남편에겐 쑥국 끓여 앵기고

새끼하고 둘이서만 날개 돋아 날아가던

우리 옛날 선녀처럼은 재빠르게 날아라.

* 캐나다의 수도 오타와보다도 소련 수도 모스코바가 더 추운 줄 알았더니만, 자세히 알아보니 이 세계에서 제일 추운 수도는 오타와라고 한다. 영하 40여 도까지 기온이 내리는 날도 있어 영하 25도쯤의 맑은 날씨는 여기서는 별로 치운 날은 아니다. 1978년 1월 어느 날에 나는 오타와 강가에서 얼음을 지치고 있는 여기 남녀노소들을 보고 있었는데, 그중에는 아직 어린 애기를 썰매에 실어서 끈을 매달아 허리춤에 차고 60리의 긴 강을 지쳐 올라가고 있는 젊은 어머니로 보이는 여인의 모습이 있어 대단스레 느껴졌다.

〈거위가 황제인 나라〉라는 그림을 보고

"결국은 이것저것 꿀꿀대며 처먹고
새끼나 까는 돼지들이거나,
새벽이나 한낮이 때면 너무나 기막혀서
날개를 치며 울 줄도 알지만
그 여편네까지 한 쌍에
두어 푼 값의 닭들이거나,
그런 게 싫은 지혜가 있어
흥분 잘하는 가마귀나 속여먹는
이솝의 여우들이거나,
아니면 참 못나게는 유순한
하이얀 양, 노랑 양, 깜정 양 떼들,
산으로 산으로 산으로
도망질치기에만 바쁜
저 순수의 사슴 노루들,
그러고 나머지는 철책에 갇힌
늑대와 호랑이와 사자가 있을 뿐,
그러니 여러 모로 잘 생각해 보아라.
여간만한 치위나 더위에도 잘 견디고,

초조하지 않게 뚱구적 뚱구적,

누가 오면 갤갤 알릴 줄도 아는

나 거위는

이 따위 나라 황제사 될 만하지 뭐냐?"

거위가 이렇게 앞서서 갤갤거리고 있는 그림을

토론토의 누구 개인전에서 보았는데,

거 대단히 재주 있다고 생각했다.

누구 것이던가 이름도 볼 필요 없이

거 메주보다도 더 재주 있는 그림이라고 생각했다.

* 캐나다의 토론토 박물관에서 1978년 1월 어느 날 나는 어떤 캐나다 화가의 개인전에 참석해, 이 글에 나온 모든 동물들을 한 마리의 육중한 거위가 서서 지키고 있는 그림을 꼭 한 개만 눈독 들여 보고 있었는데, 그 그림엔 철책에 갇힌 늑대와 호랑이와 사자는 보이지 않았지만 섭섭해서 내가 내 글에는 첨가시켰다.

몬트리얼의 북극 풍설

진시황이나 징기스칸,
아돌프 히틀러나 도조 히데키,
또는 줄리어스 시이저나 클레오파트라,
그런 눈 못 감고 숨넘어간
영웅 호걸 호걸녀들의
그 뒤 소식이 궁금한 사람은
우선 몬트리얼로 오시오.
몬트리얼 국립은행 42층 스카이라운지로
폭풍설주의보가 나린 겨울밤에 오시오.

몬트리얼 국립은행 42층 스카이라운지는
북극의 그 지독한 지랄하는 폭풍설이
산다운 산의 제지도 없이
제멋대로 몸부림치며 몰아닥쳐 오는 곳,
억만 년에 눈 못 감은 온갖 잡귀들
그 풍설에 휘말려 와 고함치는 곳입네다.

그 피나 물기운이

어느 만큼만 순했어도 좋았으련만
너무나도 뺏세고 극성스러서
시체에서 증기로 구름 되던 마당에도
아늑하고 포근한 하늘 속엔 못 앉고
북극 한풍 모진 데로 몰려가서 엉겼다가
그래도 문득 사람 세상이 그리우면
폭풍 따라 지랄하러 몰려오는 곳입네다.
몬트리얼 국립은행 42층 스카이라운지는……

히야아! 히야아! 히야아! 히야아!
수만 갈래 회오리 눈보라로 미쳐 딩굴며
히야아! 히야아! 히야아! 히야아!
불쌍하고 불쌍한 것은 몸부림입데다.

* 캐나다의 케베끄 주 몬트리얼에 있는 국립은행 건물의 42층의 스카이라운지는 비교적 잘 만든 음식과 술들을 준비해 놓고, 폭풍설 몰아치는 밤하늘 속의 풍경을 넓은 유리창을 통해 감상하러 오는 손님들을 맞이하고 있다.

3
중·남미 편

멕시코에 와서

뱀하고
호랑이가
맞붙어 싸우다가,
뱀이
이겨서
해가 되시고,
호랑이가 져서
달이 된 나라.

참
괴짜인 나라.
이런 멕시코에 와서 살자면
낮에는 칭칭 동여 감으며
밤에는 호식虎食도 잘 해내야 할 텐데,

이것
여余는
뱀도 호랑이도 팔자엔 없어

지니고 온 피나 왁왁 토하군
우선은 병원에 가 드러누워서
멕시코 사람 피나 꾸어 담으며
생리生理가 변할 날만 기다리고 있노라.

* 날개 돋힌 뱀과 호랑이의 승부 이야기는 멕시코의 옛 신화에 있는 것으로, 멕시코 시에서 동북으로 51킬로의 교외에 나가면 테오티와칸—즉, 유적인 신의 도시 한쪽엔 아직 그 날개 돋힌 뱀 케찰코아틀 신전이 남아 있다. D. H. 로렌스가 이 이름으로 소설을 쓴 것도 있다. 나는 이 멕시코 시에서 1978년 2월 11일 황혼, 내가 몸에 지닌 피의 45프로를 객혈하고 병원에 입원하여 여기 사람의 피를 구해 수혈을 받았었다.

태양과 처녀 심장
—멕시코 시의 썬 피라밋을 찾아 그 내력을 듣고

아가씨 아가씨
누가 보아도 이쁜 아가씨.
그대 서방질이사 했건 안 했건
누구한테 아직 들통 난 일만 없다면,
그러고 또
세상 사내들 별반 눈에 차지도 않는다면,
하늘의 해도 홀몸이시라니
어때?
여기 멕시코 옛날의 아가씨들처럼
그리로나 한번 시집가 보시는 게?

예리한 비수로
그대 그 잉글잉글한
순결히 붉은 심장을 도려내는
그런 아픔을 겪은 일이 있다면,
그러고도 땅바닥에 내던져질 뿐이었다면,
심장이사 열백 번을 또 도려낸대도
새삼스레 따로 아플 것도 없으려니

어때?

여기는 멕시코 나라의 옛 태양 제단.

처녀의 날심장을 칼로 저며 도려내서

해한테 바치고 해한테 시집보내던 곳.

어때?

여기 오셔 해 마누라나 한번 되어 보심이?

심장 도려내는 아픔에 고함치는

처녀 귀신들의 아얏! 소리도

여기는 참 첩첩히는 많거니……

* 멕시코 시의 교외에 약 이천 년 전에 세워진 것이라는 신들의 도시 테오티와칸의 한복판에 자리 잡고 있는 태양의 피라밋에서는 옛날엔 살아 있는 처녀의 날간을 칼로 도려내어 태양의 신에 바쳤었다는 이야기가 전해 오고 있다.

쿠에르나바카

쿠에르나바카의 한낮에 올라오니
울타릿가의 그 보겐베리야 꽃들이
우리나라 토끼와 거북이 이야기 속의
햇볕에 널어 말리는
토끼의 그 날간들만 같은 게 아니라,
사람의 간들도
요새는 속에만은 담아 두기 어려워
고로코롬 널어 말리고 있는 것만 같더라.

쿠에르나바카 백년초로 빚은
쿠에르나바카 불쐬주를 마시면
외지에서 배에 담고 온 왼갖 것은
밑바닥의 똥까지도 다 토해지나니,
간덩이까지도 다 토하고만 싶나니,

그러다 보면
사람이
휑뎅그렁해지는 것이

'내로다'도

지랄도 영 다 없어지고

그저

생사일여生死一如라는 것 비슷하게만 되나니,

보겐베리아.

보겐베리아.

내 날간도 어느새

한 송이 새빨간 보겐베리아 꽃으로

널어 말려지며

피고 있더라.

* 쿠에르나바카는 멕시코 시의 남쪽 70킬로미터의 지점에 있는 공기와 꽃이 맑은 아름다운 휴양지. 그러나 저혈압의 체질인 나는 2000미터가 넘는 이 고도에서 마신 술을 견디지 못해, 1978년 2월 9일 여기에서 많이 구토를 했다. 2월 11일의 객혈의 전주곡으로.

멕시코에서의 수혈

—서정주가 멕시코에서 객혈 45프로를 하고 나서 대신 그만큼의 멕시코 사람의 피를 수혈 받은 뒤에 또 한 번 누선이 열려 통곡하던 때의 내심의 독백

D.H.로렌스사 그래도
가다 죽어도
제 소설 「차타레이 부인의 연인」 속의
그 연인 노릇이라도 하노라고
제 은사의 아내 '후리다'라도 하나
잘 눈 맞추아 꼬수아 데불고
다붙어나 지내며 떠돌면서
뇌점이라도 걸려서
이 멕시코 군다리에까지 와서
로맨틱하게 찌끔찌끔씩
피나 토하고 지냈지만,

야 이 못생긴 놈아!
멍청한 그지같이는 못생긴 놈
서정주 너는 뭐냐?

서른 살까지는 일본놈들의 종밖에 못 되었다가
그다음은 또 남들이 두 동강이 내논 나라의

그 한쪽에 겨우 매달려 살며
수백만 명씩 동족상잔이나 하는 것도
한마디도 말려 보지도 못하기사 했지만,
그래도 대한민국의
원로 시인 대접도 받는
환갑 진갑 다 지낸 놈이
경향신문 사장한테나 가서
살살 사정사정해서
하루 40달러의
여비나 겨우 얻어내 가지고
세계 방랑기나 하나 연재하며 떠돌면서
속셈인즉은
"참어라 참어라 열 달만 견뎌 참아라
연재 뒤에 이걸 댓 권 시리즈로 출판하면
아마 모르면 몰라도
한 10만 달러쯤은 몇 년간이면 벌겠지?
그러면 그걸로 여생이야 살겠지?"
겨우 그것 아니었냐?

이 지지리 지지리는 못생긴
그지 그지 상그지 같은 놈아!
땡땡이 중의 궁해 빠진 절간의
솥단지 밑바닥에 눌어붙은
보리밥 누렁지 한 장 값도 못 되는 놈아!

돈에
환장해
해발 2500미터의
멕시코에까지 올라와서
멕시코 백년초 불쐬주로
억지힘이나 내며 떠돌다가
단군 혈손의 피 45프로나 쏟아 버리고
정체 모를 멕시코 피나 겨우 메꾸아 넣었으니
45프로는 인젠 멕시코 놈이라도 되겠구나!
이 못생긴 놈아!……

파나마의 시

"각부 장관들이여.
여余는 지금 매우 흔쾌하네.
왜냐고?
사람이 장가를 드는 것은 그중 반가운 일이고
그걸 축하하는 것은 금상에 첨화인디
그런데 말씀야,
오늘 점심 식사 뒤에
여가 국립공원을 산보하던 중
음주가무가 난만하여서
"이게 뭐냐?"고 물었드러니
아! 이게 바로 그것이란 말씀야.
그래 여도 끼어들어 한바탕 놀다가 왔네.
각부 장관 제군!
그러니 여러 말 할 것 없이
이 여의 흔쾌함을 제군의 흔쾌함으로 하여
지금 오후 두세 시쯤 되었는가?
오늘은 시무視務 그만두구
어서 나가서 놀라구.

아스타 마냐나! 아스타 마냐나!
일은 내일 또 하면 돼!
어서 다 접어 두구 나가서 놀라우!"

—이것은 파나마공화국 대통령 각하께서
각부 장관님들에게 내린
어느 날 이른 오후의 명령이었다는 바,
내게는 이것도
과히 졸작은 아닌 시로 보여서
여기 솔직히 그대로 소개하노라.

싼부라스 섬에서

사는 거나 죽는 것이 다
장난감 놀음이라는 걸
철저하게는 깨달은 나머지에
여기 싼부라스 섬 여자들은
귀걸이를 해야 할 것을
코걸이로 옮기어 달기도 하셨구먼요.

저녁 식사를 아침에 미리 자시듯
열 살쯤이면 일찌감치
결혼식도 유쾌히 잘 한다는구먼요.

싼부라스는
바다가 심심해서 해일을 하면
어느 거나 거의가 다 잠겨 버리는
여러 백 개의 섬들,
그렇지만 여기 사람들은
물개만큼은 모두가 다 수영선수들이라
해일 그것은 한결 더한 호수움일 뿐.

마당이 말라 들면
되려 답답해져서
쿵더쿵 쿵더쿵 절구를 찧는데,

절구질은 절구질만 하는 게 아니라
잠깐만 찧고는
잠깐은 춤추고
또 잠깐만 찧고는
또 잠깐은 춤이구먼요.

* 싼부라스 섬들은 파나마공화국에 따르는 것으로, 이 나라 동쪽의 바다에 널려 있다.

페루의 당나귀 웃음

페루국 수도 리마에서
파차카마크 유적으로 가는 도중,
관광객들이 버린 쓰레기더미 옆에서
웃니빨들을 드러내고 웃고 서 있는
한 마리 당나귀의 희한한 웃음에 빠져
나는 그만 멎어서 버렸다.
돈키호테의 당나귀나
이솝의 당나귀도
아라비안나이트의 당나귀나
또 그 밖에 당나귀들도 나는 대강 알지만
이렇게도 별난 웃음을 웃는
페루의 이런 당나귀는
나 참 난생처음으로 보았다.
한 억천만 년쯤을
꽝꽝한 바위 속에 갇히어 있다가
그 바위가 말랑말랑한 흙이 될 때쯤
뿌시시시 헤집고 뚫고 나오면
이만큼한 웃음이 되는 것일까?

씨익……

억천만 년의 바위 같은 구속을

말랑말랑한 봄흙 같은 자유로 하여

웃고 서 있는 것이

이 세상에선

이보다 더한 큰 힘도 없을 것 같었다.

* 파차카마크 유적은 페루의 수도 리마에서 32킬로미터의 지점에 있는 이곳 고대 문화의 유적. 여기는 사천오백 년 전에 세웠던 것이라는 말도 있고 또 이천 년 전 것이라는 설도 있다.

잉카문명 시절 여자들이
손가락 끝마다 끼었던 순금 골무들을 보고

—페루 국립박물관에서

우리네 여자들 손끝의 골무는
헝겊이거나 가죽제로서
바느질할 때만 끼고 쓰는 것인데,
페루국 잉카문명 시절의 골무는
두루두루 순금으로 되었고
또 그 끝이 되게는 날카로와서
그걸 끼고 대들까 봐 성큼하더군.

우리가 월급 탄 돈을 술값으로
홀라당 털고
비척비척 빈손으로 밤에 집에 들었을 때
주부가 이런 거나 갖고 있다면
드윽드윽 가슴패기나 긁어 대면 어떨지?
그걸 생각자니 섬뜩하더군.

그런데
이런 걸 여자들한테 끼운 걸 보면

잉카문명의 사내들은
꽤나 의뭉한 매저키스트였을 거야.
이런 걸 예편네 손끝에 끼워 놓고
캥길 줄도 모르던 매저키스트였을 거야.

하기는 극단으로 생각해 보자면
날마다 그 극성의 바가지나 긁히며
주름살만 늘여 늘여 살기보다는
애인이던 마누라가 이런 걸로써
몽땅은 선지피 흐르게설랑
심장까지 고랑 나게 긁어나 버리면
시원키는 시원키도 했던 것일까?

천국으로 가는 입구—발파라이소 항에서

천국으로 가는 입구라는 뜻을 가진 발파라이소란 이름의 항구를 보고 다녀와서, '대체 무엇무엇이 천국 입구의 값어치였냐?'를 곰곰이 생각해 보자니, 그건 당연히 여기와 이 언저리에 특별나게 가장 많은 것들을 줏어 세 보는 일이라야만 하겠기에, 아래 그것들을 한 가지 한 가지씩 차근차근 세어 보려고 한다.

첫째, 이 언저리에 가장 많이 피는 꽃은 우리나라 갈대꽃 비슷하면서 훨씬 더 탐두고 부드럽게 생긴—'여우꼬리'란 이름을 가진 꽃인데, 그렇다면 그 꾀 많고 간사한 여우의 꼬리 비슷한 것은 의당 천국으로 들어가는 데 참여할 자격이 있는 것이다.

둘째로는 그렇지, 밀짚으로 곱땃스레 절어서 울긋불긋한 헝겊 테두리를 한 그 모자—이곳에 특별나게 많은 그 모자를 하나씩 넙죽넙죽 머리에 쓰고 춤추듯이 걸어다니는 토실토실 살결이 고운 '서반아-인디언' 혼혈의 건달 청년들이 썩 많이 있는데, 그들도 그 모자 그대로 다 여기서 출발하는 천국에 들어가야 할 것이고, 또 그들 옆에 산더미처럼 쌓여 있는 아조 단 이곳의 청靑 차미들도 거기서 빠질 수는 없을 것이다.

그러고는 아닌 게 아니라 어느 세계에서도 모두 그리워 못 견디겠다는 이 고장의 3W—좋은 적백의 포도주(Wine)에, 좋은 여자(Woman)에, 좋은 바람(Wind)에, 남태평양의 안주 가운데서도 가장 맛좋은 새우에,

조개에, 굴에, 전복에, 또 적당히 바가지 요금도 붙일 줄 아는 고 예쁘장하게 생긴 인사말 좋은 식당들에, 사철 호화롭고 흥성흥성한 카지노의 도박관들에, 부산이나 인천항보다는 한 500프로쯤 맑고 밝은 별하늘 아래 호텔문 밖에서 "따라 들어갈깝쇼?" 대어서는 물씬물씬 곱기만 한 모레나 아가씨들에,

또 공짜로는 이 하늘 밑에선 가장 비위에 좋은 향기로운 오존의 공기와 바다와 햇빛, 얼턱덜턱한 산덩이만 한 바위들도 거의가 처음 만든 그대로 살아서 숨을 쉬고 있는데,

이 마을의 한복판엔 큼직한 꽃시계—왼갖 빛의 풀꽃을 피워 시계판을 삼은 꽃시계가 하나 땅에 누워 천국으로 들어갈 시간을 재며 돌고 있다.

그런데 내 머리빡으로 생각키에는, 공짜들은 공짜이기 때문에 아무래도 천국에도 더 잘 들어갈 것이라, 아마 그 '여우꼬리'라든지, 밀짚모자의 건달 청년들, "따라 들어갈깝쇼?"의 호텔 문전의 아가씨들, 기타…… 그런 공짜들이라야만 아주 썩 잘 들어갈 것 아닐까?

부에노스아이레스의 주정뱅이 꽃나무

니이체의 『짜라투스트라』 속에나 끼어들어서
간신히 살고 있던 우리 주신酒神 디오니소스가
지금은 어디 갔나 궁금하던 중
남미 아르헨티나 수도 부에노스아이레스에 와 보니,
바로 여기 큰 길거리 옆
'주정뱅이나무'들 속에 겨우 숨어 숨 쉬고 있군.

'주정뱅이나무'는
배고픈 거지가 많은 이 부에노스아이레스에서도
저이만 배부른 듯 불룩한 배를 내밀고
허술한 집시 채림새로 서 있는 나무.
그러나 피운 꽃더미만은 참 눈부시어서
도장밥 빛, 그 여린 황혼 노을빛으로
삼삼히 삼삼히는 홍근해져 섰나니,
이건 주정이라도 아마 색시 주정이어서
그 부른 배 속엔 어느 사인지
우리 디오니소스의 옥동자라도 하나
넌지시 배어 신고 있는 듯도 해,

때도 정히 해 질 녘이라
나도 불가불 몇 잔 거나해져 가지고
지나가는 이곳 국산 주정뱅이 하나더러
"야, 저게 디오니소스 새끼를 뱄지?"
귀에다 대고 귓속말로 물었더니
"짜식아 그건 사실이다.
몇 잔 하더니
너도 눈이 좀 두두룩해졌구나.
하지만 이것 하나가 겨우 우리 마지막 국보니,
도둑 뀔라,
그런 말은 딴 데 가선 내놓지 마라."
역시나 귓속말로 대답하더군.

아르헨티나 농촌 근처

정치도 외교도 이미 시시껄렁하여져
내버려 두는 것이 겨우 매력이어서,
쇠고기 1킬로에 한화 칠백 원씩의
수출길도 접어 두고 묵히는 나라.

농사가 풍년이 들면 들수록
자꾸만 곡가는 떨어져만 나려서
풍년이면 농촌 거지가 더 불른 나라에 와서,

아미테스의 얘기책에 나오는
「엄마 찾아 삼만 리」 속의 소년같이
도시락 하나 싸들고
수풀 속에 가 먹고 있노라니,

내 정신 연령보다도 한 살쯤 더 어린
푸른 눈의 어린 아들 손을 이끈
손 큰 양키 농부 아저씨가 하나 엉금엉금 걸어와서
"풋고추를 사라"데.

"먹다가 남는 것 있건 우리한테 주구서
이 풋고추 몇 개 골라 가지라"데.

"어무니를 찾아서 여기까지 왔다" 하니
"살았어도 결국 나 같을 것이다.
그러니,
풋고추나 어서 먹고 딴 데로 가봐라"데.

쌍파울루의 히피 시장 유감

브라질에서 제일 싼 소가죽으로
브라질에서 제일 싼 한국 사람이
브라질에서 제일 이쁜 가방을 만들아 놓고,
눈물 때문인가, 그보다도 또 더한 무엇 때문인가,
아주 검은 안경으로 두 눈을 가리고
쌍파울루 히피 시장에서 서서 팔고 있음이여!
하필이면 이 세계의 늙은 떠돌이—내가
또 그걸 사서 등에다 걸머지고
더 먼 길로 떠나가고 있음이여!

모레나 여인송頌

파란 눈에 밤빛 머린 서양 여잔데,
복스런 코로
노는 맵신 우리 순 동양 여자라.
논어나 중용도 구름한테나 배웠나?
나붓하고 공손한 게 진사 딸만은 할네라.

잔잔한 산중山中 날의 작은 호숫물처럼
호젓하게 괴어 있을 줄도 아나니,
지리산골 어디메 갖다 놓아도
비 오시는 날 끄니가 떨어진대도
별반으로 투정도 없을 것만 같아라.

고은 절간 초파일날 피는 고려 영산홍은,
모레나, 너 세계의 색시야
반투명한 네 살결에 비쳐 봄이 으뜸이리니,
동서양이 합쳐지는 건
이처럼이나 아리따워라.

* 남미에서는 혼혈남을 모레노라고 하고, 혼혈녀를 모레나라고 하는데, 여기에는 백색 서양인과 이곳 원주민이었던 인디오(인디언) 사이의 혼혈족, 백인과 흑인 사이에서 생긴 족속, 두 종류가 있다. 여기 나온 모레나는 백인과 인디언 사이의 여인으로, 브라질의 상파울루에서 내게 보였었다.

쌈바춤에 말려서

브라질 리오데자네이로의 밤 뒷골목의 쌈바춤은
사람들이 그렇게 추는 게 아니라,
하늘이 어찌다간 한번씩
경풍驚風 난 쏘내기 마음이 되어
사람들 속에 숨어들어서
지랄 야단법석을 부리시는 거라.
더구나 그게 젊은 예편네 속에나 들어갈 양이면
음 칠월에 암내 낸 소보다도 더 미치는 거라.
무지개를 뛰어넘어 다니는
소보다도 훨씬 더 미치는 거라.

여余도 지난 무오년 늦여름 밤의 리오데자네이로에서
난생처음으로 이 쌈바춤에 말려들어 봤는데,
나의 짝—흑인 예편네가 하자는 대로
한참을 껑충거리다 보니 두 다리에 쥐가 나버려서
퍽지건히 바닥에 주저앉았드러니,
"애개개 요새끼! 머이 이따웃게 있어?"
하며, 내게 등을 두르고 돌아서서는

그녀 볼기짝 밑의 사타구니를
저의 할아버지뻘은 되는 내 코에
몽땅 바짝 들이대는데
야! 찐하기도 찐하기도 한 그 냄새의 벌罰이라니!

하늘도
이런 남미 리오데자네이로의 밤 뒷골목 같은 데 와선
이런 찐한 짓거리도 가끔은 시키며 노시는 거라.

4
아프리카 편

나이로비 시장의 매물

내 역마살이 너무나도 센
예순네 살의 내리막길 팔자여!
헐수할수없이
아프리카의 케냐의 나이로비에까지 흘러와서
또 한번
헌 지팽이와 낡은 괴나리를 버리고,
해 질 녘의 장거리의 흑인 할미에게서
새로 산 마술사의 지팽일 짚고,
새로 산 풀가방을 둘러메고 가도다.

이 새로운 아프리카의 지팽이는
왼몸이 두루 푸른 아프리카 밀림빛
그 위엔 자욱한 은銀의 밤별들을 박았나니,
나도 이걸 짚고 가는 이제부터는
수풀이요 또 별인 것만을 두둔할 뿐,
일체의 잔 사설은 빼어 내던지리로다.

이 새로운 아프리카의 풀가방은

하늘 밑에선 가장 눈부신 햇빛에 자란

아프리카의 대쪽지와 마피麻皮로만 엮은 것,

누구보다도 옛스런 총각 처녀가 들음직한 것이어니

'짚신 신고 왔네' 가락으로써

나도 인젠 이거나 하나 메고서 가리로다.

이윽고 깊은 하늘의 바닥 없는 대적멸에

내 역마살의 거치른 팔자가

아조 몽땅 잠겨 버리고 말도록까지는……

킬리만자로의 해돋이 때

킬리만자로의
해돋이 한때를
할아버지
아버지
아들
킬리만자로의 세 산봉우리는
무엇을 이심전심 합의하는 것일까?

기린의 키만큼 한 '새벽나무' 옆
그 잎을 뜯어먹다 또 사랑 기억하는
까시버시 기린의 입맞춤을 보인다.
고요하디고요한 입맞춤을 보인다.

* 이 세계에서 네팔의 에베레스트 다음으로 높은 영산靈山 킬리만자로는 칠천 몇백 미터나 되는, 봉우리는 언제나 흰 눈에 덮여 있는 산. 나그네들은 흔히 케냐의 나이로비에서 이 산이 잘 보이는 암보셀리까지 가서 거기에서 하룻밤 천막 신세를 지며 아침의 킬리만자로의 해돋이 때를 음미하게 되는 것이다.
아, 참, 이 킬리만자로 산을 자세히 보고 있노라면, 주봉의 왼쪽으로 한참을 내려와서 주봉보다 작은 봉우리가 하나 보이고, 거기서 또 한참을 내려온 곳에 더 작은 또 하나의 산봉우리가 보인다. 이 세 개의 산봉우리를 나는 할아버지와 아버지, 아들 삼대가 앉아 있는 것처럼 보고 느끼고 있었다.

킬리만자로의 신화 1

킬리만자로에 뜨는 무지개는
여러 빛깔 중
그 붉은 핏빛이
하늘 밑에선 가장 선명하신데,
거기선
어느 때는
"아야야얏! 아야야얏!"
아파서 강그라지는 소리가 나고,
또 어느 때는
"킥킥킥킥킥킥킥!"
우스워서 우스워서 자지러지는 소리가 납니다.

"아야야얏! 아야야얏!"
사자들의 이빨과 발톱에
그대 님의 아리따운 몸뚱어리가
발기발기 찢어지며 요로코롬 외치면
킬리만자로의 무지개의 핏빛도
고로코롬은 아파서 울고,

만일에 그대 님의 아리따운 몸뚱이가
찢기면서도 고걸 간지럼쯤으로 여겨
"킥킥킥킥!" 웃으면
킬리만자로의 무지개의 핏빛도 고로코롬 웃습디다.

킬리만자로의 무지개의 핏빛이 아파서 울면
사자들은 그 무지개를 뛰어넘어 다니며
살육을 일삼고,
아니라 거기가 웃음인 때는
사자들도 꿇어앉아 조을조을하는데,
이왕이면 가다 죽어도 당상이라고
이것
"킥킥킥킥!" 웃어나 놓고 볼 일입디다.

킬리만자로의 신화 2

미국 쌘프란시스코에서 늙은 일흔다섯 살 된 톰슨 할아버지는 여든 살짜리 그의 누님의 신경통을 위로하여 단둘이서 난생처음으로 킬리만자로 여행을 오셨는데. 내가 "좋은 남매간"이라고 칭찬하며 맥주를 한 병씩 내 돈으로 같이 사 마셨더니만, 자기 그 누님을 내 곁으로 데불고 와서 "나이가 들었으면 어떻냐! 둘이서 한번 좋게 지내 봐라"며 자리를 비켜 줍데다. "야! 킬리만자로는 킬리만자로구나!" 내가 유치원에 입학한 듯 감동하고 있노라니, "우리 셋의 세 밤 캠프에서도 신부는 한가운데 뒀으니, 우리 둘이서 잘 지켜 내자"고 톰슨은 돌아오자 또 선언합데다. 그래서 나는 나의 이 여든 살짜리 신부를 지키면서 사자 떼 울어 대는 하룻밤을 지냈는데, 그것도 기분 괜찮던데요. "아무리 순 마음적이라고는 할망정, 제길헐 이건 너무나 쌍놈의 짓 아니냐?"는 생각도 잠깐 들기사 했지만서두, 기분이사 괜찮기는 괜찮더라구.

* 여기 나오는 캠프는 맹수들이 사통오달 날뛰는 밤의 고원에선 위험하지 않겠느냐고 염려하는 독자가 있을 것 같아 잠깐 말씀이거니와, 괜찮다. 사자나 범의 발톱이나 어금니로써는 찢을 수 없을 만큼 튼튼한 천으로 만든 이 캠프는 또 안으로 지퍼를 여러 겹으로 잠그고 들어앉는 것이니 안심하시기 바란다. 또 안 깨지는 비행기용 유리로 만든 조그마한 창도 달려 있어서 근처에 얼씬거려 오는 짐승들을 두루 잘 내다볼 수도 있게 만들어져 있다.

나이로비의 두견새 소리

햇빛이 늘 너무나 밝고 뜨거우면은
슬픔도 슬픔대로 꽃봉오리가 돼
찬란한 꽃으로 피어나는 것일까?

서러운 두견새의 서러운 소리도
아프리카 케냐의 나이로비쯤에 오면
이미 싱그러운 꽃숭어리가 되어서
따로 서러울 것도 없이만 되는 것을
나는 한밤중
나이로비 마사이 족의 마을에 와서
난생처음으로 비로소 알게 됐다.

「모란이 피기까지는」의 우리 시인
영랑 김윤식이
내 곁에서 함께 들었으면 싶어졌다.
그가 말한 '찬란한 슬픔의 봄'의
"그 슬픔이 어디 따로 남았느냐?"고
나직이 다우쳐 물어보고 싶어졌다.

만 송이의 새 모란꽃 불 밝혀 피는 듯한
아프리카 마사이 마을의 화창한 두견새 소리
그 소리에 얼려 들어 뒤뚱거리고 섰다가
'큰 슬픔은 큰 기쁨일 수도 있다'는 걸
나는 새로이 깨닫게 됐다.

* 아프리카 케냐의 시골에서 밤에 많이 우는 두견새 소리는 우리나라 것과 같으면서도 그 싱싱한 비非 비극적인 인상으로 나를 새로이 감동케 했다.

호박琥珀을 파는 암보쎌리의 검어진 비너스

트로이 전쟁 때
헬렌한테 되게는 핀잔을 맞고
세상 다 시시하여진
우리 미의 여신 비너스가
어디로 아조 가 버렸는가 했더니,
그 서러운 손등 위의 뻐꾹새 데불고
아프리카 산골로 숨어들어 오다가
칠월 칠석날 밤 초생달 진 뒤에
북두칠성만 반짝이는 밤하늘빛처럼
새까맣게 둔갑해 가지고 여기 와 서 있구나!

그 서러운 뻐꾹새도 이제는 날려 보내고,
그 두 눈에 수심도 다 풀어 버리고,
사랑의 뚜쟁이 노릇도 몽땅 다 작파하고,
오직 이제는 제 사랑만의 포로가 되어
잉글잉글 숯불 이룬 두 눈깔을 한
암표범의 눈빛으로 앙금 살짝 서 있구나!

경상도라 통영의 나전칠기 문갑처럼
한국 선비 내게도 어울리는 몸맵시로
캄캄하게, 캄캄하게, 으리으리 반짝반짝,
제 몸에서 금방 빚어 꺼내 놓는 양
붉고 노란 호박 알들을 꺼내 놓고 파느니,

"이 세상의 냄새란 냄새들 중에서
그래도 이게 그중 나을 건뎁쇼."
즈이 옛날의 사잇서방—
군신軍神 마스에게나 말하듯 내게 말하며
그 두 손바닥 사이 호박 알들을 부비면,
아아, 과연이로다.
몰약과 사향과 또 난향을 합수친 듯한
희다 겨워 까맣게 까맣게 속속들이 젖어드는
깨끗이 검은 비너스의 생사람 잡는 내음새여……

아프리카 쎄네갈의 대통령 시인 셍고르는
일찌기 콩고의 힘찬 산봉우리들을 보고

'산봉우리의 남근들이
너의 규방 천장을 드높이 쳐들고 있구나.'
강력히 강력히는 표현해 놓았었나니,
그런 산봉우리 같은 남편이나 하나 골라잡아
이제부턴 절대로 바람일랑 내지 말고
오래애 오래 자알 살지어다.
검어서 한결 좋아진 우리 비너스여!

* 케냐의 수도 나이로비에서 맹수 왕국 암보쎌리로 가는 도중에 있는 수풀 속 마을의 보석 가게의 안주인인 이 흑인 미녀에게, 나와 동도중同途中이던 미국 할아버지 톰슨 씨는 "야, 너는 참 행복한 놈이다!"고 그네의 남편을 축복함으로써 찬사를 보냈지만, 나는 어름어름하다가 그런 찬사 한마디도 하지를 못하고 그저 꿀먹은 벙어리 꼴로만 돌아와 버리고 말았기에 그걸 후회하여 이런 알량한 글이나 한 편 여기 적어 두는 바이다.
그리고, 여기 인용된 쎄네갈의 대통령 시인 생고르 씨의 시구는 이환 씨가 우리말로 번역한 『생고르 시 전작집』의 109페이지에 보이는 시작품 「콩고」의 제2연에 보이는 것이다.
그리고 여기 나오는 비너스와 헬렌과 군신 마스의 이야기들은 물론 희랍신화와 또 호메로스의 서사시 『일리아스』에서 참고한 것이다.

아프리카 흑인들의 근일의 자신만만

—아주 무식치는 않은 어느 흑인의 말씀의 대략

우리는 살빛이 검다는 이유 하나만으로
백인들의 총에 수없이 죽었고,
또 그들의 시장의 매매물이 돼
세계의 구석구석에서 종노릇을 했지만
그래도 그 백인들을 유능하다고만 믿었었다.
그렇지만 이제는 우리 생각이 달라졌다.
그깟 것들이 유능이면 몇 푼어치나 유능이냐!
우리 깜둥이들의 시인 셍고르의 말처럼
그들은 우리보다 총을 잘 쏘고
또 해면같이 잘은 빨아먹었다.
하지만 그들의 무력이니 금력이니 정치력이니 하는 것,
또 그들의 문명사의 전통이니 뭐니 하는 것,
그것들은 그 얼마나 우스꽝스러운 싱거운 것이냐!
종교에서도 철학에서도 전쟁에서도 과학이란 것에서도
그들은 아무껏도 살 맛대가리를 찾지 못하니까
그들은 할 수 없이 결국
우리의 재즈, 우리의 고고, 우리의 디스코나 빌려다가
겨우겨우 춤추고 노래하고 지랄지랄하는 것 아니냐?

백인들이 지금 제일 신바람 내는 것이
이것들 아니면 또 무엇이 있는지
알거든 어서 냉큼 대답해 보아라!
즈이들 암컷들도 우리 사내들 연장 맛을 본 것들은
이젠 사죽을 따론 못 쓰고 따라다니게만 되었지.
셍고르 시인의 마누라뿐인 줄 아느냐?
뉴욕에서도 빠리에서도 또 로마에서도
요즈음 나날이 값어치가 오르는 건
우리의 그 무진장한 마력을 가진
그 새카만 힘을 가진 성기들인 것이다!
긴말하고 마잘 것 없다.
이 지구에 핵전쟁이 고루 터져
인류의 다수가 송장으로 눕는 날에는
태양 아주 가까이
사타구니 좋은 백인 여자 남은 것들이나 데불고
우리가 겨우
아프리카 정글 속 같은 데 살아남을 것이다!
살아서 씨앗을 퍼뜨려 가고 가고 갈 것이다!

상아 해안국 아비장의 내 깜둥이 친구 아자메

코끼리 어금니의 바닷가 나라 서울
아비장의 내 깜둥이 친구 아자메 씨는
증말루
문패도, 번지수도,
호적도, 나이도
증말루
전연
가지지 않았습데.

"몇 살이냐?"고 내가 물으면,
즈이 집 마당의 나무를 가리키며
"저놈하고
한 해에
생겨났다더라만
잊었다. 잊었어.
그건 세어 뭘 하니?"
요로코롬 대답하며, 끽끽끽끽, 끽끽끽,
베짱이 소리로 웃어자치는데,

물은 게 되려 못내 미안하더군.

아주 아주 아주 아주 미안하더군.

순 햇빛에서 금시 나온 베짱이 소리로

끽끽끽끽 끽끽끽 지랄같이 웃으며

순 고고를 한바탕 추는데

가사歌詞는 몸에서 땀에서 배어나고 있더군—

"나이는 하여서 무얼 하노?……

호적은 하여서 무얼 하노?"

* 여기 나오는 우리 아자메에게만 문패, 번지수, 나이, 호적이 없는 게 아니라 또 상아 해안국 뿐만 아니라, 아프리카의 많은 흑인들에게는 아직도 이런 것들이 두루 없는 것이다. 필요가 없는 것이다.

띠아싸레 감옥의 검은 죄수들

죄진 놈들은 의당 죄진 놈 모양을 해얄 것인데,

나 원 세상에 별 꼬락서니도 다 보지,

꼬뜨디봐르 띠아싸레 감옥 속의 검은 죄수들은

"네깟 놈들이 뭐냐?

우리를 가둔 네깟 놈들이 죄수라면 죄수지

으째서 우리가 죄수란 말이냐?"

그런 몸놀림에 그런 웃음으로만 만발하여서

바깥세상을 내려다보며

웃고 춤추고 춤추고만 있더군.

세상의 떠돌이 시인 내가

즈이 친구가 돼 감옥문 안을 들어서니

"잘 왔다 놈아! 넌 쓸 만한 놈이로구나!

감옥문을 들어설 줄도 아는 것 보니

좋은 놈일 것이다"며

박수에 뽀뽀로 대어들더군.

칼로 제 연적을 찔러 죽인 청년더러

"자네가 잘못했지 뭘 그러나?" 하니,

"나는 그놈을 이겼을 뿐이다!

어째서 내가 져야만 하느냐?"며

또 한번 더 찌를 자세를 하더군.

그러고는 끽끽끽끽 뼉다귀로 웃는데

이건 선수지 죄수는 영 아니더군.

* 1978년 4월의 어느 날 나는 꼬뜨디봐르—상아 해안국 띠아싸레에서 그곳의 도립 병원장인 우리 동포 안순구 박사의 보증과 안내로 이곳 흑인 죄수들의 감옥 속에 참가한 일이 있었다. 이 나라에선 도립 병원장쯤의 권위면 언제든 감옥 속도 들어가 구경할 수가 있다.

술 나와라 뚝딱, 술나무 수풀

점잖은 우리 한국 옛 선비들도
너무나 술이 그려 목당그래질이면
망건도 벗어 주고 마셔 버렸고,
대중국의 시의 성인 두보 선생께서도
고향 생각 홍근한 봄떠돌잇길에선
봄저고리 벗어 놓고 들이키기도 했지만,

머언 머언 아프리카의 꼬뜨디봐르의
띠아싸레 정글 속의 미당에게는
정 첩첩 한 첩첩 천지 첩첩뿐
벗어 놓을 망건도 웃저고리도 없던 중,
신경이 귀뚜라미보다도 훨씬 더 예민한
무척은 속 좋은 깜둥이 친구 아자메가
내 목구멍 속의 목당그래질 소리를 용히도 알아듣고
"가세, 가세, 어서 가!
공술 있네, 어서 가!" 해서
딸음딸음 뒤대여 따라가 봤드러니,

야하하하!……

세상에 희한하기도 희한하여라!

어느 나무건 쓰윽싸악 쓰윽싸악 썰어만 놓으면

콸콸콸콸 술이 억수로 쏟아져내리는

술나무 술나무 술나무들의 수풀!

이 기막힐 천지신명의 직접 써비스의

술 젖꼭지에 나도 매달려 한참을 빨다가

주신酒神처럼 휑뎅그르한 낮잠에 들었느니,

오공초나 변수주

못 모시고 온 것만이 한이었어라.

* 오공초吳空超는 물론 돌아가신 내 선배 시인 공초 오상순 선생이고, 변수주卞樹州는 고 수주 변영로 선생이시다. 이 두 분의 생존 시에 그 무량주의 대작을 했던 걸 기억했음이다.

5
유럽 편

인심 좋은 또레도

굴풋하고 시장한 사람들,

사람이 아니라 귀신이라도

두보 시인같이 많이 굶주린 귀신들은

또레도나 한번 가 보는 게 좋을 것이다.

비프스틱을 양껏 싸게 먹고 싶은 사람도

아무래도 스페인의 또레도로나 가얄 것이다.

연한 송아지 고기로

딴 데 껏 두 몫쯤 뭉쳐

값은 여늬 꺼나 매 마찬가지인

또레도나 찾아가 봐야 할 것이다.

일본의 히로히또 천황 폐하께서도

여기 껀 맛도 좋다 칭찬하시었나니,

그렇기에

옛날에

배가

많이 고팠던

희랍 화가 그레코도 여기 흘러들어선

배때기에 기름기도 제법 올려 가지고

그림도 볼 만하게 잘 그려 내어서

큼직하게 서양 미술사에 이름도 냈었나니……

* 또레도는 스페인의 구도舊都. 옛날의 집들로만 남아 있는 이 구도의 자랑 중에서도 큰 자랑은 그들이 옛날에 희랍 화가 그레코를 먹여 대성시켰었다는 데에 있다. 이 구도의 한 옆을 흘러서 멀리 포르투갈의 수도 리스본으로 가는 강 건너 언덕에는 관광객들을 위한 한 식관食館이 서 있는데, 연전에 일본 천황 히로히또도 여기 황제 환카르로스와 함께 와서 식사를 했었다고 한다. 여기 비프스틱이 연하고, 많고, 값이 싼 것은 정평이 있는 것이다.

마드릿드의 인상

스페인의 술꾼들은
입으로 쐬주를 마시기 전에 먼저
거기 불꽃을 피워 두 누깔로 마시고,

화끈할락시면 훌라멩고 춤을 추지만,
장고는 지구가 몽땅 그것이어라
장단일랑 그러니까 발바닥으로
또드락 또드락 또드락딱 또드락딱딱……
느린모리, 중모리, 잦은모리, 휘모리,
아주 잘 아주 썩 잘 맞춰서 추지.

쑥하고 마늘만 먹으며 도통道通 중인
곰이 곰이 못 참아서 놀아나 난다면
아마 나도 요로코롬은 되었을 것일까?
또드락딱 또드락딱 또드락딱딱
발바닥과 땅바닥의 궁장에 맞춰
굼실굼실 훌라멩고 잘도 추시지.

허지만 고걸로도 직성이 영 안 풀리면
뿔 좋은 소들을 모래밭에 몰아넣고
칼을 뽑아 마구나 찔러 대시다
쇠뿔에 받쳐 애고고고 저승엔 가네.

"골치 아픈 사무일랑 내일 보세나.
아스타 마냐나, 아스타 마냐나,
위선은 불쐬주를 마시고 보세!"

깡캄히 치운 섣달 그믐밤이면
사해四海가 얼얼하게 종을 쳐서 울리곤,
바커스의 젖꼭지—포도주의 포도알을
영감도 할멈도 젖먹이도 잡숫구……
굼실굼실 젖먹이도 굼실굼실 잡숫구……

* 마드릿드의 술집에서 소주를 청하면, 우리 옛날의 양푼 같은 것에다 그걸 남실남실 담아 내오고, 내놓곤 그 술 위에 불을 그어대 활활 불붙어 타오르게 만든다. 그래서 그 불이 자지러지면 레몬 저민 걸 넣어서 그 향내와 함께 잡숫게 하는 것이다. 여기 나오는 스페인 말 '아스타 마냐나'는 내일까지라는 뜻을 가진 것이며, 섣달 그믐날 밤엔 스페인 사람들은 종각의 종을 울리곤 남녀노소 할 것 없이 두루 포도알을 구해 먹으며 지내는 습관이 있다.

서반아의 가가대소

—「돈키호테」의 작자 세르반테스의 고택 옆 골목에서 들은 바

고요하고 잔잔한 한국 미소보다야
상품上品이라 할 수는 없겠지만서두
서반아의 그 가가대소라는 것도
들어 볼수록 한 맛은 있더군.

"중세 천 년의 인도人道 수호 명목의
갑옷 입고 창칼 든 정의의 기사
고것들은 고 을마나 웃기는 거였냐?
병신들 지랄했네!
돈키호테가 차라리 훨씬 좋겠다.
가가가가呵呵呵呵! 가가가呵呵呵!"

"2차대전이니 뭐니 뭐니 하는 건
또 그 을마나 육시六屍 팥밥이었냐?
발 싸악 씻고 들어앉아서
우리는 거저 구경이나 했노라.
불쐬주에 훌라멩고 춤이나 추시며
넌지시 멀찍이서 구경이나 했노라.

우리가 못났냐?! 어?! 우리가 못났어?!
잡것들 지랄 마라. 가가가가 가가가!"

"말씀이사 바루 말씀이지만
싸움이사 우리가 먼저 선수들로서
남아메리카 전부를 도살장도 만들었다만
그게 뭐였냐? 그따윗 즛이 뭐였어?
인디오건 깜둥이건 마구 쑤셔서
모레노의 깡패들, 모레나의 창녀들,
그런 거나 구석구석 까 퍼트려 놓았네!
아이구 하누님 마시옵소사
그따위 낭비는 죽어도 인젠 다시는 안 해야지.
가가가가가가가! 가가가가가가가!"

"20세기의 대유행 동족상잔 같은 것도
우리가 일찌기 1930년대에
뻰보이기로 해 보기사 했지만서두
행여나 너무 나뻰 보지 말어라.

알아주건 말건 맘대로 하게마는,
우리 푸랑코와 인민 전선파의 혈전
그것은 순수 스페인적인
조금 과한 스포츠에 불과했었네.
아닌가 긴가 공동묘지에 가보렴.
푸랑코는 죽을 때 유언한 대로
인민 전선파들하고 한 묘지에 가 묻혔노라.
영원히 나란히 의좋게 묻혔노라.
원수가 따로 없네 잉?
가가가가가가가! 가가가가가가가!
가가가가 가가가가 가가가가 가가가!"

* 이 시의 제3연에 보이는 '육시 팥밥'이라는 것은 우리 이왕조李王朝 때의 사형의 일종인 육시형六屍刑, 즉 인신을 사지와 머리와 동체 여섯 구분으로 찢어 죽이는 형 시행 직전에 그 죄수에게 마지막으로 먹여 주던 '팥밥' 그것이다. 제4연에 보이는 스페인말 인디오는 인디언이라는 뜻이고, 모레노는 백인과 흑인 또는 인디오 사이의 혼혈남이고, 모레나는 또 그 혼혈녀이다. 그리고, 이 시 마지막 연에 보이는 푸랑코와 그 적이었던 인민 전선파의 공동의 묘지는 물론 실재하고 있는 것이다.

* 편집자주—서반아西班牙는 스페인의 음역어.

빠리의 노래

절간에 초파일날 누렁지보다
훨씬 더 꼬숩고 숭허물 없고,
어여쁜 가시내들 팔뚝보다도
행결이나 더 길고 두두룩하신
빠리의 빵은 한 개 단돈 이백 원
하루라 세 끄니를 먹어도 남네.
　고단한 나그네 가난한 선비야
　빠리에나 한번 와 살아 보겠나?

빠다도 쏘세지도 햄도 우유도
그저그저 수수하게 싸게 막 팔고,
한 달에 이만 원의 삭월세방은
영감 대감이라도 살 만하신데,
그대가 정말 진짜 진국이걸랑
안심하게 이뿐 처녀 자넬 따르리.
　고단한 나그네 가난한 선비야
　빠리에나 한번 와 살아 보겠나?

꽃대리석 마을의 대리석 길엔
개똥도 드문드문 놓여 있지만
인심이 후해설랑 그런 것이지
꿈에도 야박해서 그런 건 아니야.
마로니에 향기가 싸아 풍기듯
빠리장 빠리쟌느는 웃고만 가네.
　고단한 나그네 가난한 선비야
　빠리에나 한번 와 살아 보겠나?

빠리의 골목길에 황혼이 오면
길 위에도 놓이는 흥겨운 술상.
나그네여 주머니에 오백 원 있건
제일로 큰 조끼의 맥줄 마시게.
그러면 그걸 보고 미인은 오며
"잘한다" 박수갈채 아끼질 않네.
　고단한 나그네 가난한 선비야
　빠리에나 한번 와 살아 보겠나?

보들레에르 묘에서

어머니의 후살이가 보기 싫어서
의붓아비 오삐끄의 목도 졸라 보았던
불쌍한 불쌍한 샤를 보들레에르.
그는 죽어서도 친아버지 곁엔 못 가고
보기 싫은 의붓애비 옆에 엄마 데불고
셋이서 한 무덤에 묻혀 있는 걸 보자니
쩨, 쩨, 쩨, 쩨, 혓바닥이 제절로 차지더군.

그래서 그 서슬에 그만 깜빡하여서
나는 내 방랑의 지팡이를
그 딱한 무덤가에 잊고 왔는데,

내 젊은 떠돌이 친구 임성조더러
"남었나, 가서 찾아 보라"고 했더니
그래도 보들레에르는 나를 위해서
그걸 고스란히 되돌려 보내 주었더군.
말씀도 이미 완전히 못하게 된
그 전신불수의 몸으로

보기 싫은 오삐끄와 같이 살자면

지팽이가 필요하기도 필요할 텐데,

선배로서 내 앞길을 더 걱정한 것이겠지,

덩그란히 본모양대로 돌려보내 주었더군.

* 몽빠르나스의 한 구석에 있는 그 넓은 공동묘지에서 샤를 보들레에르의 묘를 찾기는 힘들다. 초라하게 조그마한 것인 데다가 그 묘비에는 보들레에르의 이름만이 적혀 있는 게 아니라, 맨 먼저 그의 의붓아버지 오삐끄의 성명이 나와 있고, 다음이 보들레에르, 그 다음이 보들레에르의 어머니 순서로, 굵지도 못하고 또 벌써 상당히 마멸까지 된 글씨로 쓰여 있기 때문이다. 의붓아버지 오삐끄가 먼저 죽고, 그 다음이 보들레에르, 마지막에 어머니가 죽었는데, 이 셋을 여기 같이 묻게 한 마지막 생존자인 보들레에르 자당님의 천주학의 규칙에 따라 이렇게 합장되어 있는 것이다.

그러고, 이 시에 나온 보들레에르에 관한 이야기들은, 물론 그의 전기 속의 사실들에 의존한 것이다.

까르띠에 라뗑

까르띠에 라뗑—소르본느 대학생들의 통학로
여기서 제일로 점잔한 분은
물론
프랑스사에서 가장 우수한 두뇌라던
몽떼뉴 선생님의 하이얀 대리석상이시옵신데,
하이구, 이것이, 웬일일깝쇼?
그분 두 누깔의 흰 창이 모다
핏빛으로 환장한 듯 충혈되어 있어서
"이게 웬일이냐?"고 물었더니만
한 소르본느 대학생이 킥킥킥킥킥킥킥
대답입디다—
"입술에 루쥬를 바르고 다니는
소르본느 여학생들의 즛이올시다.
시험 점수를 잘 맞게 해달라고
몽떼뉴의 모가지에 매달려설랑
누깔에 뽀뽀를 너무 많이 했거든요"……

* 빠리의 까르띠에 라뗑 거리의 소르본느 대학에서 가까운 곳에 서 있는 프랑스의 현철賢哲 몽떼뉴 선생의 백 대리석상의 두 눈과 빰의 핏빛의 이유는 이 시에서 말씀한 바와 같지만, 이걸 빠리의 경찰들은 한동안 열심히 지워도 보았으나, 그래도 그 핏빛은 여전히 새로 계속되어서, 이제는 이걸 이어서 닦아 내다가 마멸될 걸 염려하여 차라리 그대로 두고 있다는 이야기였다.

로댕의 손

세계 떠돌잇길 여섯 달 만에

법국法國 빠리 로댕이 살던 집에 와

그가 빚어 논 손을 보고 서 있노라니

잊었던 고향 옆에 겨우 온 것 같어라.

매니큐어 손톱의 그 어지러운 빛깔도,

손톱의 반달을 억지로 파 내놓는 것도

점잖아서 못하던 로댕의 그 옛날의 손,

단단한 산에 금시 초생달 떠오르기 비롯는 듯한

그 손톱의 제대로의 초생달 모양 그리워라.

우리 시인 이상화가 「빼앗긴 들에도 봄은 오는가」에서

"아주까리 기름을 바른 이가

기음 매던 그 들이라도 보고 싶다"고 한 속의

그 두두룩히는 크나큰 손.

옛대로의 바람에, 무명 같은 마음에,

에누리 없던 바로 그 손.

탈 안 난 우리 시굴 누구 손을 만난 듯만 하여라.

로댕이 이름 붙여 〈신의 손〉이라 한 이 손—

이런 손 그리워서 라이너 마리아 릴케가

이 집 못 떠났던 것도 삼삼히는 생각되어라.

나뽈레옹 장군의 무덤 앞에서

"내 나이는 천 년은 갈 것이라"며
이태리의 밀라노로 쳐들어가던 그대.
알프스 산을 뛰어넘어서 로시아까지
온 세상을 말발굽 밑에 짓이겨 대던 그대.
그대더러 우리 한국 한방의漢方醫들은
"사람이 아주 표범 같아서
못 참아 법석을 떨었니라"고
소양小陽이라고 핀잔도 하기는 하더구만서두
나는 앙발릿드의 그대 무덤을 와 보군
생각을 좀 돌려 고치긴 고쳤노라.
"나는 싸움에 패망한
한낱 패잔의 병졸일 뿐이다.
그러니 이 나라의 모든 폐병들 사이
한 자리만 주어서 영원히 있게 하라"던
그대의 임종의 그 뜻 그대로 놓인
공동묘지 속의 그대의 무덤을 보고
생각을 새로 고쳐 가졌노라—
'나뽈레옹 그대는

한낱 소양인 줄로만 알았더니

태양—즉 사자 같은 데도 있기는 있었다'고.

* 한의학에선 사람들의 기질을 네 가지—태양·소양·태음·소음으로 나누고, 태양은 사자에, 소양은 표범에, 태음은 코끼리에, 소음은 소에 비긴다.

몽블랑의 신화

신부와 신랑이 겨울 몽블랑 산속으로 신혼여행을 왔었는데요. 가파른 어느 낭떠러지에서 신랑이 실족하여 미끄러져 내려가 버린 것이 아무리 찾아 보아도 영 눈에 띄질 안했습니다. 몽블랑의 산신녀가 그 신랑이 탐나서 그런 거라고 사람들은 말하기도 합지요마는……

해가 바뀌도록 찾고 찾고 또 찾았지만 신랑의 모양은 어느 바위틈에도, 흙 위에도, 냇물 속에도, 아무 데도 나타나 보이질 안해, 신부는 할 수 없이 이 몽블랑 산골에 초막을 엮어 살며, 그를 찾아 기다리노라 한 해가 가고, 두 해가 가고, 다섯 해가 가고, 열 해가 가고, 여러 십 년의 세월이 첩첩이 흘러서 드디어는 파뿌리빛 머리털의 할마씨가 되어 버리고 말았습니다.

그러다가 어느 초봄 산골의 눈녹이 때의 일인데요. 눈 녹은 물이 새로 흘러내리는 어느 골짜기의 개울가에서 신부는 그 물속에 잠기어 떠내려오고 있는 그네의 신랑을 겨우 다시 보게는 됐는데, 그건 하도나 오랜만이라서 숨결이사 날라간 지 오래였지만, 이상하게도 얼굴이나 머리털이나 살결의 젊음은 그때 신혼 때 그대로더라구요.

몽블랑 산의 중턱부터 위에는 일 년 내내 눈에 덮여 꽁꽁 얼어 있으니, 신랑은 그 어디 바위 사이에 걸려 냉장되어 있다가, 여러 십 년 만의 이상난춘異常暖春의 드문 기온에 풀려 흘러내려 온 것이리라고, 사람들은 말씀을 하기도 하고, 또 "아닐 거다. 그건 몽블랑의 산신녀의 짓일 것이다"고 하기도 합지요마는……

* 스위스와의 국경 가까이 있는 프랑스의 몽블랑 산맥의 산봉은 사천 몇백 미터 되는 것으로, 그 삼천 몇백까지는 케이블카가 오르내리고 있다. 이곳 산골들은 아주 한가하고 고요하고 깨끗해서, 우리나라 청년 하나도 한동안 여기 살며 산을 타다가 연전에 조난당해 불귀의 객이 되기도 했다. 이 시에서 다룬 이야기는 이 산골의 구전의 전설로 전해져 오고 있는 것이다.

취리히의 새벽 인상

아직도 해 뜰랑은 멀어
분홍 마로니에도 흰 마로니에도
들찔레도 다 혼곤한 잠덧뿐인데,
스위스에서도 가장 부지런한 새—
암젤 새 떼들만이 수백만 마리 깨어나
낄낄낄낄 호르르……
낄낄낄낄 호르르……
방정이란 방정은 두루 다 떨며
더 자고픈 우리 귀바퀴에, 사지에, 겨드랑에
웃음의 쏘내기의 간지람을 먹여 댑니다.
꾀꼬리에, 까치에, 재재바른 열일곱 살 계집아이를
한데 합친 것 같은 암젤 새 떼 수백만 마리
왁자지히 먹여 대는 웃음소리 간지람에
안 깨나는 장사는 아마 이 세상엔 없을 것이올시다.
그래서 취리히 사람들은
연꽃이나 사자같이 늘어지게 쉬지는 못하지만서두
손발 끝이 다 닳도록 부지런히 일해서
배 부듯이 탄탄하겐 벌어 사는 것이겠지요?

무식한 소견일진 모르지마는

첫째는 그 암젤 새 떼 수백만 마리 소리의

꾀꼬리보다도 더 명랑하게 밝은 것이다. 이 새들은 독일이나 그 밖에 유럽의 여러 나라에서도

* 프랑스의 빠리 껏들보다도 훨씬 더 무성한 취리히의 마로니에 수풀 속에선 아침 해가 뜨기 전부터 암젤 새 떼들이 장 서서 우는데, 이 새는 소형 가마귀같이 빛은 검지만, 그 소리는 꾀꼬리보다도 더 명랑하게 밝은 것이다. 이 새들은 독일이나 그 밖에 유럽의 여러 나라에서도 보였다.

"꼬끼오!" 우는 스위스 회중시계

알프스 산 여신님에 눈을 맞춰서
융프라우 선녀님에 입을 맞춰서
리노 강 인어하곤 목욕을 같이 해서
왕 노릇도 종 노릇도 시시해 다 그만두고
해와 달빛하고만 함께 살아오면서
정확하게 정확하게만 만든 시계니,
나그네여 노자가 남았거들랑
이백 불만 내고서 하나 가져 보겠나?

주네브의 시계장수 말씀이 하도나 좋아
그 수만 개 귀뚜라미 수풀 같은 시계들 중에서
때 맞추아 "꼬끼오……" 수탉 소리도 내시는
울음 좋은 회중시계를 하나 사서 차고 가나니.

인제는 벌써나 저승에 드신
우리 무애 양주동 교수도 "됐다"고 하시겠군.
시간 되면 조끼 주머니에서 찌르릉 울어 대던
회중시계만 믿고 살던 양주동 교수.

너무나 싼 강사료니 많이나 해 살아 보자고
다음 강의에 늦을세라, 찌르릉 우는 회중만 믿고 살았던
무애 양주동 교수도 "썩 잘 됐다" 하시겠군.

아펜젤 산상의 세계 고아원에서

여기서는 거저
오지리 쪽 알프스도
불란서 쪽 알프스도
발 벗은 겨울 고아들처럼만 바라보이는
아펜젤 산 위의 세계 고아원.

한여름에도 눈발은 때때로 몰아쳐
사람들의 키도 제대로는 못 크고
오직 차돌처럼 단단히 뭉치기만 하는 곳이어니.

벗의 내외들이여.
그대들 이 천지에 덩그렇게 새끼는 까놓고
운이 나빠서 기르지도 못한 채
안 감기는 눈으로 멀룩멀룩 저승에 들 마련이라면,
홀로 남는 아이는
이런 데나 갖다 놓음이 어떨런지?

“모지른 강풍 속에 묘목을 옮겨 심어라!

살아남아 자라는 놈은 용을 쓸 것이니……”

니이체도 언젠가 말하셨듯이

살아남아 단단해지면 지독한 놈은 될 것이니……

운명도 어쩌지 못할 대단한 놈은 될 것이니……

* 스위스의 아펜젤에 가면, 산 위에 교육 철인哲人 페스탈로찌의 이름이 붙은 세계 고아원이 있어, 동서양의 여러 나라에서 온, 부모의 양육의 덕도 못 받은 딱한 아이들이 모여서 자라고 있고, 그 속에는 우리나라 아이들도 한 20명 끼어 있었다.

서서 목동의 각적

스위스의 호숫가의 목장 지대에서 사 온 뿔피리 소리는 매우 평안하여서, 내 방에서 누구 집안사람을 부를 때의 초인종 대신으로 나는 이것을 불어 쓰고 있습니다.

내가 이것을 내 방에서 삐이 삐이이 불면, 육십의 할망구—내 아내는 언제나 누구보다도 제일 먼저 이 소리를 알아듣고 "네에!" 국민학교 계집아이처럼 대답하며 달려오는데, 그 얼굴을 보면 그 얼굴도 그만 나이쯤으로 어느 사인지 유치하게는 되어 있습니다.

그래서 생각이지요만, 내가 여지껏 사 가진 모든 동서양의 물건들 가운데서 요즈음 내게 제일로 좋은 건 역시나 이 스위스의 뿔피립니다.

* 편집자주—서서瑞西는 스위스의 음역어.

비엔나

비엔나의 중년 신사는 아직도 중절모자를 쓰고
허리 굽혀 인사를 정중히 하지.
나 같은 코리안을 즈이 집에 맞이할 때는
태극기를 꺼내어 깨끗이 꽂고
자기 마누라까지 믿고서 맡겨 주시지.

비엔나의 식당에서 식사를 하면
돈이 약간은 모자라드래도
에누리로 또 그냥 받아도 주고,
그래, 그래, 머리빗도 비엔나 껏은
그 끝이 안 날카로와 아프지 않고,

'푸른 다뉴브 강'의 그 강물빛은
사실은 구중충히 흐린 거지만
첼로에 맞춰서 노래 부를 땐
거짓말로 아주 그만 푸른 걸로 해
정말보다 거짓말이 낫게 만들지.

그래서 신경질의 악성樂聖 베토벤도

이 수수한 여기가 마음 편안해

객지에 무덤으로까지 남아 있는 중이지.

쾰른 성당에서

이 지상의 고딕식 건물의 극치라는 쾰른 성당 앞에 서면, 다음과 같은 대화가 하늘과 땅 사이에서 일어나서, 동양의 한국에서 온 나 같은 나그네를 꽤나 웃겨 주더군.

쾰른 성당 왈

하늘님이시여! 보소서! 보소서!
이 세상 그 누구의 신앙과 기도와 열모熱慕가
우리보다 더 높이 치솟아 오른 일이 있나이까?
하늘에 불구멍이라도 숭숭 뚫을 듯이
뾰족뾰족 높이 불타오른 일이 있나이까?
예에?
절대로 무시해 보진 못하실 줄 아옵나이다.
우리는 세계에서 제일로 좋은
쾰른의 진짜 향수로 몸과 마음을 씻었사옵고,
하늘의 별들보다도 한결 더 깨끗이 간절히
당신의 곁에 바짝 가까이 있길 욕망합네다.
보소서! 보소서! 보소서!
키다리 수풀처럼 늘어서서 불타는 우리 뾰족탑들을……

우리는 누워서 자는 돌에도 모조리

불을 붙여설랑 일어세워 놓았나이다!

하눌님 왈

고로코롬 안달이 닳은

정성이사 가상키도 가상키도 하네만서두

지나치게 자네들이 뾰족뾰족 치솟아 오르는 통에

사실은 바른대로 말을 하자면

나로서도 좀 아프고 뜨끈뜨끈하여서

견디기 어려운 때가 더러 있구만.

목숨엔 불가불 정신 등급도 있는 것인데

부뚜막에 강아지 올라앉듯이

또는 데모로다가 떼로 몰고 오듯이

그렇게 하눌에까지 드나드는 건

나는 본심으론 좋아하지 안허이.

동글동글 그렇게 살 순 없는가?

나직, 나직, 동글, 동글,

나직히 동그스럼히 그리 어찐 살 수 없어?

그러나저러나 간에

무불통지인 내가

나지막히 사는 자네들이라고 해서

모르고 지내는 것도 아닌 바에 말씀야.

괴테 생가의 청마루를 보고

몇백 년 동안을 몇백만 번이나
이 집 주부들은 대 이어 그 손들을 닳아뜨리며
이 널판자의 청마루를 닦고 또 닦아 온 것일까?

마음 고운 사람들의 여러 대의 손때와
두두룩한 여러 대의 맑은 거울과
간절하디간절한 하늘이
한데 얼려 닳은 듯한,
포근히 안껴 쉬면
웬만한 병은 두루 다 나을 것 같은
괴테 생가의 아늑하겐 빛나는 청마루여.

뽕나무의 오디며
목화 무명 다래도
이 청마루에 얼굴 비쳐
금시에 새로 생겨날 듯도 하거니

이렇게도 극진한 이 구석에서

괴테 하나도 안 생겨났더라면

무색하고 무색해 어찌 했으리?

* 프랑크푸르트에 있는 시인 괴테의 생가는 예상보다 훨씬 검소한 집으로서, 그 대청의 청마루는 오랫동안의 걸레질로 번질번질 잘 길이 나 있어, 나는 여기에서 이 댁 가풍이 순후했을 것임을 생각하고 있지 않을 수가 없었다.

라인 강가에서

라인 강가의 산 밑에 앉아
시름 겨운 뻐꾹새 소리를 듣고 있다가
괴테와 히틀러가
문득 내 가슴에 함께 들어와서,
그 뻐꾹새 울음 사이에
그 둘을 끼어 두고 생각해 보고 있었다.

'서러운 인류의 공동의 고향에서 오는
가슴앓이 소리 같은 저 뻐꾹새 소리는
아돌프 히틀러의 그 과격한 살육의 사이사이에서도
뻐꾹 뻐꾹 뻐꾹 뻐꾹 되풀이 되풀이
분명히 이어서 울고 있었을 것이지만
그는 마음이 시끄러워 듣지를 못했고,
또 알아들었대도
그 서러움의 무게를 감당치도 못했을 것이다.
그렇지만 괴테는 고요한 사람이라
저 뻐꾹새 소리에 담겨 퍼지고 있는
그 서러움을 들을 만큼 들었고,

또 그것을 감당할 만도 했었다.

그러니 독일 사람들은

이 둘 중에선 괴테의 편이 되어

빼꾹새 소리를 잘 알아들어야 할 것이다'고……

도이체 이데올로기

—함부르크의 밤 뒷골목의 공창가에 보이는

점잔한 독일국 함부르크 항구는
웃수염 두낀 비스마르크 각하도 살던 곳이라
모래밭에 야생하는 해당화 사이사이
도덕도 꽤는 꽤 까다랍더구먼.

밤이면 뒷골목엔 불법 사창이 아니라
공창으로 미인들의 장이 서는데,
"짐승 같은 짓거린 줄 알긴 알라"고
우마시장 그대로의 말뚝들을 박아 놓고
여자들을 그 말뚝마다 기대서 있게 했더군.

그래서 눈물이 글썽글썽한 미녀,
술에 취해 비척비척 헤매는 미녀,
이빨 악물고 버티는 미녀,
회한이오, 마취요, 종교이기도 한가분데,
어떤 잡놈은 수군수군하기를—
"이래서 맛인즉 더 좋기 마련이라"더군.

* 독일의 북쪽 함부르크 항구의 밤 뒷골목엔 공창이라는 게 부활되어 있다고 "구경해 보겠느냐?"고 누가 말해서 따라가 보았더니, 그중의 어떤 곳에는 우리나라 시골에 5일만큼씩 서는 장 속의 우시장처럼 말뚝들을—그러나 우리나라 우시장의 말뚝들보다는 좀 더 높은 말뚝들을 꽤나 많이 꽂아 놓고, 이쁘장한 젊은 여자들을 한 말뚝에 한 사람씩 기대서 있게 하고 있었다. 물론 그들은 두루 다 손님과의 흥정에 따라 한동안의 신부가 되어 주는 예의 그 공창의 색시들이다. 내가 처음 보는 특별난 모양이었다.

백이의 사내의 솜씨

백이의 사내들은
즈이 색시는 아직도 고스란히
커튼 뒤에다 가리워 두고,
몇백 년 전 그대로의 목로주점에 나와
큼직한 소가죽 부대에 들은
술을 따라 마시지요.
꿀커덕 꿀커덕 즈이 엄마 젖 마시듯
날이 날마다 빼지 않고 마시지요.
그러고는
이 천지의 다이아몬드
2/3를 거둬들여서
이 천지에선 제일 이쁘게 가다듬어 내는데,
이 세상의 부유스름한 아씨마님들이여
당신네들 다이아몬드 반지 냄새를
어디 한번 샅샅이 맡어 보시라구요.
어디메 술냄새가 찌끔치라도 나는지요?

* 편집자주—백이의白耳義는 벨기에의 음역어.

마네켄 소년이 오줌을 잘 깔기고 있는 걸 보고

—벨기에 수도 브뤼셀에서 본 바

"이 세상에서 제일로 시원한 일이 무엇이냐면
그것은 풀밭에서 하늘을 보며
한바탕 오줌이나 실컷 갈겨 대는 것이다"면
대한민국 국민들이여!
또는 저 삼팔선 이북에 사는 동포들이여!
반대할 분이 어디 몇 분이나 되시옵나이까?

차마 반대는 아니할 분이거들랑
벨기에국 브뤼셀이나 한번 가 보시오.
시가지 한복판의 광장 위에서
마네켄이란 이름의 소년의 상이
날이 날마다 그 이쁜 풋고추를 내놓고
언제나 시원스레 오줌 깔기며 섰는 것을……

하여,
우리의 사심 없던 어린 날의
그 풋고추 시절을 되찾아 오시오.

대한민국 국민들이여!

또는 저 삼팔선 이북에 사는 동포들이여!

화란풍和蘭風

즈이 부모들 두루 다 먼 나들이 간 뒤에
담장 밑 양지에 모여 소근대는 아이들처럼
소근대며 낄낄거리며 간지람 먹이고 노는 아이들처럼
화란 사람들은 그렇게 은근히 재미 보는 얼굴들을 했더군.
튜울립 꽃밭에 숨었다가 튜울립 꽃빛으로 웃어자치며 나와서
따르르릉 모두 다 자전거를 타고 달리는 건
증말로 이쁘더군.
바다를 멀리멀리 밀어젖히고
튼튼한 방파제를 높지막히 싸놓고
바다보다 옅은 땅의 구석구석서
풍차에 튜울립꽃을 가장 많이 가꾸는 나라.
이렇게 유치한 것도 챙피할 게 없걸랑
당신도 한번 가서 실컷 웃고 끼구려.

* 편집자주 — 화란은 네덜란드의 음역어.

암스테르담에서 스피노자를 생각하며

암스테르담에 와서 하로만 지내어 보면
하눌님은 여자인 것을,
여자라도 끝없이 뇌쇄惱殺하는 제일 이쁜 여자인 것을
할 수 없이 알 수가 있네.

하눌에다가 여러 가지 꽃빛의
여러 빛 별들을 못 두는 대신
이곳에 꽃 피워 놓은 억천만 송이의 튜울립꽃들
그것들이 모다 그 미인의 뇌쇄하는 눈초리의
기맥히디기맥힌 그늘들인 걸 알 수가 있네.

그리하여 이 뇌쇄에 놀아난 사람들은
죄라도 질라치면 너무나 무식꿍하게는 져서
감옥이라도 보통에 넣으면 뚫고 나오기 때문에
이빨 사나운 상어 떼가 우굴거리는
아조 짭찔한 바다 운하 가에 바짝
두두룩한 쇠창살을 먹여 가두어 두고,

그리고 우리 직관의 철인哲人 스피노자 같은 사람은
날이 날마다 말간 말간 안경알만 다듬고 앉아서
그 미인과 단둘이서만 조용히
골똘히 눈 맞추고 있었던 것도
알 수가 있네. 얼추는 알 수가 있네.

* 아시다시피 암스테르담은 제2의 베니스라는 별명 그대로, 바다의 운하가 시중의 여러 곳을 누비고 있는데, 그 운하의 수면에 바짝 가까운 여러 곳엔 옛날의 석조石造의 감옥들이 배치되어 있는 게 보인다. 물론 지금은 이것들을 쓰지는 않지만.

덴 하그의 이준 선생 묘지에서

선생께선 지내치게 강하십니다.
조국을 위해서라곤 하시지마는
서른아홉 살의 그 젊은 나이로
어떻게 이 머나먼 타국 구석에 홀로
"죽어서 묻히겠다" 하실 수가 있었습니까?

제 나이는 선생의 그때 나이보다
갑절에 거의 가까웁지만
아직도 그렇게까지 할 용기는 없사옵니다.

무척은 많이도 외로우셨지요?
여기서 유럽 대륙과 인도양 태평양을 건네서
우리 한국에까지 뻗치는
선생의 그 머언 머언 외로움의 그늘!
저는 그 그늘의 아주 작은 한 귀퉁이밖에는
아직도 감당할 힘이 없사옵니다.

덴마크의 공기 속에서는

덴마크의 코펜하겐에 오니
깊은 하늘의 공기 속에서도
소들이 땀 흘리며 밭을 갈고 있는 냄새가 나더라.
좀 더 자세히 맡아 보니
소를 몰고 쟁기질하고 있는
두두룩히 이쁜 여자의 냄새도 나더라.

내 코만 동양코라서 그런가 걱정하면서
랑겔리니 언덕을 오르며 보니
벌써 여기 누구도 그걸 잘 맡아 보고
공기 속에서 그들을 꺼집어내 가지고
단단한 바윗돌로 새겨도 놓았더라.

꼬치꼬치 수소문해 들어 보니까,
오! 용맹과 지혜의 주신主神 오딘!
그는 그의 다섯 아들을 소로 만들아
그의 딸 게피온한테다 동여매 놓았다더라.

여보시오 오딘!

당신이사 양기가 무진장 좋으니

아들딸이사 얼마든지 새로 깔 수야 있겠지만,

아들들이 제아무리 뺄나게 생겼기로서니

귀여운 자식을 다섯씩이나 소를 만들다니

이거야 정말 너무나 하셨구랴!……

* 덴마크의 코펜하겐의 랑겔리니에는 스칸디나비아의 신화 속의 주신 오딘의 딸 게피온이 그네의 다섯 아우가 화신한 다섯 마리의 소를 몰고 가는 상이 아름다운 분수 위에 솟아 있다. 그들의 아버지 오딘의 명령으로 그들은 이렇게 전력하여 덴마크를 잘 경작해서 근면한 농본국의 국기國基를 이루었다는 신화가 전해져 오고 있다.

달밤 랑겔리니 바닷가의 인어상을 보고

하늘보단 땅보단

바다가 더 힘센 고장의

귀공자의 사랑은

인어 껏보다는 더 약하셨던 것이라,

귀공자 흐지부지 무산霧散한 날 달밤에

색시 인어 호을로 바닷가에 나와서

귀공자를 생각하며 꾸부리고 앉았네요.

달빛도 할 수 없이 솨아 솨아 솨아

바닷빛 바닷빛으로만 물들어 가네요.

* 덴마크의 코펜하겐의 랑겔리니 바닷가에 나가면 구부장장 구부러져 앉아 있는 예쁘고 젊은 나체의 인어상이 조각되어 놓여 있다. 전설을 들으면, 이 인어는 이곳 바닷가를 지나다니는 어떤 귀공자 하나를 열심히 사랑하여, 오딘 신한테 잘 빌어서 사람으로 둔갑하게 되었지만, 귀공자는 다시 나타나지를 않아서 이렇게 구부리고 앉아 있는 것이란다.

밀레스의 조각 〈신의 손〉을 보고

4/5쯤 잘리운
신의 손목이
1/5의 힘으로만 겨우 살아남은
그 무지拇指와 식지食指 끝에
한 발씩 드디고 선 사람을
바닷가 절벽 위에서
그 신이 돌보아 준다고는 하지만
바다의 갈매기들도 벌써
안심치는 않은 듯
끼룩 끼룩 끼루룩 소리 지르며 날더라.

아아 아슬아슬한 서양 사람들의
아슬아슬한 운명이여.
좋게 인제는 그만 기어서라도 내려와서
마음적으로
우리 한국 신선의 날개옷 같은 거라도 한 벌
싸악 걸치고 사는 것만이 십상일 듯만 싶어라.

* 스웨덴의 스톡홀름에 있는, 1955년에 작고한 조각가 밀레스의 바닷가의 고택에 들러 보면, 많은 고전의 작품들과 그의 창작품들이 배치되어 놓인 그 뜰 구석의 바다 가까운 곳에 〈신의 손〉이란 이름의 그의 한 조각 작품이 하늘 높이 치솟아 놓여 있고, 작자 자신도 그걸 바랐던 듯한 바다의 갈매기 떼들의 비상이 이 〈신의 손〉 위의 위태로운 사람을 에워싸고 늘 이어 계속되고 있는 것이 보인다.

스웨덴, 노르웨이의 여름 남녀들

스웨덴, 노르웨이의 여름 남녀들은
새벽 한 시에 금징 같은 해가 뜨면
니이체의 초인처럼 영겁의 바다에 빠져
세수와 목욕과 헤엄질을 한꺼번에 하지만
스물세 시까지의 그놈의 낮 시간은
너무나도 길어 길어
숭겁고도 지겹게는 길어 길어
길거리서 처음 만나는 이성보고도
"낮잠이나 한잠 같이 잡시다"는 눈짓을 잘하고,
"낮거리도 좋나이다"는 눈짓도 잘하지.
"또 이혼이나 합시다"는 말씀도 잘하고,
"또 재혼이나 합시다"는 말씀도 잘하지.
"햇빛 속의 어떤 하늘나라의 하루해는
이 땅의 세월의 천년꼴이니라"는
유마경의 글발을 못 보아서 그러지.

* 노르웨이와 스웨덴은 북극에 가까운 곳이라, 여름밤은 두세 시간밖에 되지 않고, 그나마 이 밤 동안이라는 것도 아주 어두운 게 아니라 희부연할 따름이다. 그 대신 스물한두 시간쯤의 긴 낮이 계속된다.
유마경은 석가모니 재세 당시의 인도의 재가在家 제자였던 유마거사가 남긴 불경이다.

노르웨이 미녀

노르웨이 미인이 하나 밖으로 나오시면은
자석이 쇠붙이를 빨아들이듯
세상의 수컷 마음은 모두 빨아들여서
나라가 기우뚱하게스리 만드는 것이사
땅 짚고 헤엄치기 같은 일이지만서두

증말로 박수갈채할 금상에 첨화는
눈 좋고 색신 좋은 바닷속 물고기들까지
뇌쇄하여 뇌쇄하여 불러내고 있는 일이야.
큰 민어 같은 놈이 다아 숨차게 솟아올라와
으스러지게 우리 미인을 끌어안게 만드는 일이야.

아닌가 긴가 의심증이 나걸랑
오슬로 땅 푸로그네르 공원에 가 보게.
거짓말은 영 못하던 양심적 조각가 미겔란이
두 눈으로 똑똑히 보고 새겨 놓은 석상을 가서 보게.
양기 좋은 큰 생선이
정면으로 우리 노르웨이 미녀를 갖다

끌어안고 조이고 조이고 있는 것을
한번 가서 똑똑히 똑똑히 보시게.

그렇지만 꼭 한 가지 아까운 일이 있으니,
이게 아조 원만한 미인일라치면
하눌 속속까지도 아주 썩 잘 빨아들여
수염 하얀 옥경玉京의 신선이라도 하나 둘
꼼짝 못하고 빨려나와 덤비게스리 했어얄 텐데,
그것만큼은 총망중에 그만 깜빡 빼놓은 것이라.
경천지색까지는 아직도 못된 것이라.

* 노르웨이 수도 오슬로의 푸로그네르 공원에는 이곳 왕년의 대조각가 미겔란이 새겨놓고 간 인생 백태의 많은 석상들이 배치되어 있다. 그중에서 몸포 좋은 이곳 미녀와 민어 비스름한 큰 물고기가 되게 끌어안고 자지러져 있는 석상 하나에 나는 매우 눈독을 들였던 것이었다.

베르겐 쪽의 노르웨이 산중을 오르내리고 가며

—스칸디나비아 신화를 좀 보족하여

역발산 기개세의 장익덕이보다도
백 갑절 완력이 세고 숨가쁜 신 오딘의 키는
아마 이천오백 미터쯤은 실히 되는가 분데,
노르웨이 베르겐 쪽에 몇백 식구 데불고
아직도 우악스런 산들이 되어 솟아 있더라.
그런데, 이 식구들 번열기만은 영 참을 줄 몰라
어느 때나 머리마다 찬눈을 불러 이고
얼음으로 가슴패기를 시쿠어 내노라고
산봉우리들 아래마다 두루 둥 둥 빙하일네라.

그들은 특히나 오줌 기운이 너무나 세서
사방 산에서 졸이졸졸 마구 깔겨 대는데,
암팡지게 널찍한 폭포는 분명 여자식구 것일 게고,
길게 길게만 쏟아지는 건 장정들의 것,
짤막히 내리는 건 새끼들 것인 게더라.

오딘!!
거 힘 좋게 식구들을 잘 가르쳤네 오딘!

그대들 내뿜는 숨결의 힘으로
여러 천 리 칙칙한 수풀은 자라고,
오딘! 그대 딸들의 이쁜 숨결 때문일 것이야
오색찬란한 꽃들 위엔 갖가지 새들
이 천지의 가장 고운 시장을 이뤘나니,

흐르는 시냇물들, 고이는 호수들에
오딘! 아직도 그대 식구들의 지린내 매큼한 것
오히려 좋아 나는 뛰어들어 가노라.
허부적 허부적이며 개구리 헤엄도 치노라.

허지만 이거 너무하네, 오딘!
저기 그대의 후손—바이킹의 배들이 드나들던
바다로 가는 강물 륭륭한 산협 언저리
저 자욱한 안개는 분명
도원경의 그대 동침하는 이부자리임을 나는 아나니,
거 자네 나이가 시방 몇 살이라고
왼갖 잡새가 다 엿듣고 있는 이 백주에

이것만큼은 너무나 해! 너무나 해!

이런 운우의 정의 비경秘景까지는

정말 너무했네! 오딘!!

* 이 의인법의 한 편의 시는 물론 스칸디나비아 신화의 주신主神 오딘과 그의 식구들이 두루 다 산들이 되어 살고 있는 생태인 양 노르웨이 서부의 중첩무성한 산들의 동황動況, 정황靜況을 표현해 보려 한 것이다.

스코틀랜드의 담요

스코틀랜드의 담요는 매우매우 정직해
스코틀랜드의 택시 운전수들에게까지
두루두루 그 입김을 불어넣어 놓아서,
스코틀랜드에 처음 온 나그네가 택시를 타면
제아무리 붐비는 관광객 러시의 밤에도
기어코 아늑히 싼 방을 하나는 찾아내지.
그러구도 요금밖에 팁을 좀 얹어 주면
그냥 그저 한마디 "노 탱큐"지.

상사병 난 남녀노소 한 쌍에게 넉근한,
아주아주 뚱뚱한 한 쌍에게라도 넉근한
백 프로 순모 담요 한 장 오천 원야世는
질기고 뜨듯키도 세상에선 일품인데,

스코틀랜드의 담요는 두고두고 친절해서
나같이 건망증 센 머저리 나그네가
이것을 동여매고 기차간에나 올랐다가
깜빡 그만 그 어디 잊어버리고 내릴라치면

언제 이렇게 다아 당부해 두었는지

스코틀랜드 사람 누군가의 손이 반드시

번개처럼은 그것을 날려다 주지.

* 1978년 6월 어느 날 본인은 영국 스코틀랜드 지방의 수도 에든버러에서 우리 돈으로 한 장에 오천 원씩 주고 담요 두 장을 사서 싸 동여매고 리버풀로 가는 기차를 탔던 것인데, 중간에서 갈아탈 때에 깜빡 이걸 앉았던 자리에다 잊고 내렸었다. 그러나 이 유실품은 내 옆 승객의 재빠른 발견으로 1분간의 정차 시간 안에 플랫폼에 내려선 내 옆에 내던져지고 있었다. 그 뒤 나는 염가의 순모 담요의 일을 곰곰이 생각해 보니 내가 처음 에든버러에 도착한 날 밤에, 가난한 나그네인 내게 여러 곳을 찾아 싼 숙소를 마련해 주던 택시 운전수가 팁을 거부하던 것도 다 이 담요같이 후덕한 스코틀랜드 기풍의 서곡인 것처럼만 느껴져서, 그런 일 저런 일을 버무려 이 한 편의 시를 꾸며 본 것이다.

에든버러 성에서

—스코틀랜드의 여왕 메리의 방에 들러 보고

젊고 어여쁘고 재주 있는 여인이여.

그대 만일에 슬기도 가졌다면

행여나 꿈에라도 권좌 곁에 앉을라.

황제나 대통령이나 대총통, 수령,

그런 곁에 가서 함부루 앉을라.

천주교 같은 참한 종교나 믿으며

잘 타고난 성性도 유력하게 지니며

"원수를 사랑하라"는 인자함으로

남편을 죽였단 자와도 정쯤 통하는 건

민가에서는 욕서리는 될진 몰라도

사형으로 다스릴 죄까지는 아닌 건데,

조만간엔 거저 용서 대상인 건데,

여기 에든버러 성 메리 여왕 방에 와서

다시 한번 곰곰이 찬찬히 생각해 봐라.

겨우 그 용서 대상밖에는 안 되는 메리가

그놈의 자의紫衣 왕관 곁에서만 놀고 있다가

까마귀 우는 런던 탑에 목 잘리어 갔음을……

대영제국의 미래의 황제까지

덩그렇게 하나 파악 낳아서 놓고

발버둥치며 피 흘리며 목 잘리어 갔음을!……

* 스코틀랜드의 여왕 메리 스튜어트는 그네의 종형 되는 로드 다안리와 결혼해서, 뒤에 영국의 황제—제임스 1세가 될 아들까지 하나 낳았지만, 1567년에 암살당한 그의 남편의 살해범이라는 혐의를 받고 있던 보드웰 백작과 다시 결혼한 것과 또 영국의 엘리자베드 여왕이 새로 신봉한 신교 정책에 반대하는 음모를 꾸몄다 하여, 1568년에 스코틀랜드에서 폐위를 당하고, 영국으로 도피처를 구해 갔다가 거기 런던 탑에서 뒤에 참수형을 당했다. 드물게 이쁘고 재주 있는 여왕으로 전해 내려오고 있다.

런던 탑의 수수께끼(오페레타)

여余 서정주의 독창

이세상의 남녀노소 얇지않은 귀있걸랑
이내말씀 들어보소. 깊이깊이 들어보소.
옛부터 까마귀는 불길하다 하는샌데
어찌하여 대영제국 웡머식한 사람들은
런던탑에 까마귀들 날개잘라 먹이면서
"이까마귀 훨훨날아 딴나라로 갈작시면
영국땅은 망한다"고 안간힘을 쓰시는고?

런던 탑에 목이 잘린 억울한 원귀들의 합창

여보소 자네씨가 무슨묘책 가졌걸랑
우리들좀 풀어주소. 답답해서 못살겠네.
이나라의 인종들은 웡머식은 해설랑은
형이하학 곧잘하나 형이상학 서툴러서
추상어나 갖구놀다 하폄하는것 알지않나?

답답해서 답답해서 답답해서 답답해서
그러다가 우리피를 기껏흘려 만든것이

꼭단하나 실감있는 이저승의 간접상징
꾸무룩한 원귀들이 못떠나는 간접상징
어슴푸레 안개속에 런던탑 이것이니,
까욱까욱 우리불러 울어대는 까마귀떼
보내구선 잊을까봐 걱정되어 그런다네.
답답하고 답답하이. 우리들좀 풀어주소.

날개 잘린 까마귀 떼의 합창

까욱까욱 까욱까욱 아이구구 까욱까욱
억울하고 억울키사 우리가더 억울하요.
당신들은 피도살도 이미없는 원귀지만
몸포좋은 날짐승이 날개잘려 놓이다니?!

그러신데 당신네들 말하는것 들어보니
미련하고 미련해서 아무짝에도 못쓰겠소.
그야나도 던져주는 모이나 주어먹고
그럭저럭 뒤척뒤척 살기사 사요만은
그래서?!

이세상에 대영제국이 대영제국일락시면
이만큼한 기분일깝세 없어서야 되갔이요?

깜깜한 어둠속에 까마귀 떼 울음만이 한동안
이어 나가다가, 두 번째 그 까마귀 떼의 합창

까욱까욱 우리울음 들은소감 어떻시오?
왼몸에 소름발이 주욱쭈욱 뻗히시지?
그거라고, 그거라고, 그게 필요한 거라고!
우리들도 날갤랑은 잘리기는 잘렸어도
마음속엔 자그만한 천리안도 있어설랑
웬만큼한 먼데것도 보구나서 말이지만
어디있어?! 어디있어?! 도대체 어디있어?!
이만큼 실감나는 형이상학이 어디있어?!
런던탑 빼어놓고 또다른데 어디있어?!
까욱까욱!! 까아우욱!! 까욱까욱!! 까아우욱!!

* 16세기 이래 왕과 귀족과 명사 등 많은 영국사 속의 요인要人들을 처형해 온 이 피비린내 나는 런던 탑의 안개 낀 분위기엔 원귀들의 흐느끼는 울음소리가 첩첩한 것만 같은데, 여기 뒷구석의 한쪽에서는 날개 잘라서 기르고 있는 한 떼의 까마귀들이 고목나무들 위에 앉아 까욱거려 울고 있는 것이 보인다. 영국의 속담엔 "런던 탑의 까마귀들이 딴나라로 날아가 버리면 영국은 망한다"는 것이 수수께끼로 내려오고 있어, 나는 여기 마음을 기울이다가 우선 이 작은 오페라 형식의 표현을 해보았다.

아일랜드의 두 사랑

1. W. B.예이츠의 사랑

한 처녀 사랑했다가 그 처녀 시집가서
이십 년 상사병으로 하늘땅에 뒹굴다가,
그 처녀가 낳은 딸이 그 처녀를 닮아서
오십인지 육십인지 제 나이도 잊고서
그 딸 이어 사랑하여 그 곁을 맴돌며,
"너도 내 마음을 알아줄 수 없냐?"며
또 채어선 채인 대로 시늠시늠하다가,
저승으로 저승으로 끝도 없는 저승으로
비척비척 발걸음 옮겨 들어가 버리고 만
예이츠! 예이츠! 윌리엄 버틀러 예이츠!
당신 참 대단히는 사랑하던 시인이여!
애란愛蘭 하늘 삼삼한 게 그대 때문이로다.

2. 어떤 아일랜드 귀공자의 사랑의 고백

이 천지에서 제일 이쁜 엄마를 나는 제일 좋아했는데요. 엄마는 무엇 때문인지 서방질을 해서 아버지한테 쫓겨나고 나처럼 그네를 사랑하던 아버지는 미치광이 떠돌이가 돼버렸어요.

도깨비 잘 나오는 성과 집들이 달린 몇천만 평의 우리 장원에서 아빠와 엄마는 다 떠나 버리고, 나와 내 형 둘이서 고아로 자랐는데, 상속자인 내 형이 또 무슨 병으로 죽어 버려서, 여기서 아주 사라진 뒤엔, 소르본느의 철학 대학생 나 혼자 여기 남아 사시장천 밤낮으로 앉아서 있었지요.

제 눈을 좀 보세요. 쓸쓸했던 게 몇만 길인지요?

저는 장가가는 걸 작파하기로 했어요. 내 아버지보다도 더 못 견딜 것 같아서요.

그러구 나서는 저는 쓸쓸한 게 어려우면 각국의 여자들을 한 달만큼에 하나씩은 갈아들이지요. 영국 여자, 불란서 여자, 스페인 여자, 인도 여자, 일본 여자, 또 아프리카의 깜둥이 색시까지도……

그런데 아직도 영 보이지 않아요. 언제나 서방질 안 하고, 나와 둘이서만 죽도록까지 사랑할 수 있는 여자가 나타날 것인지……

눈 씻고 볼래야 어디 보여요?

* 1978년 6월 16일 나는 아일랜드의 젊은 시인인 내 친구 리처드 라이언 군의 안내로 W. B. 예이츠가 살던 집을 잠시 둘러보면서 그 예이츠의 2대에 걸쳤던 사랑의 이야기를 라이언 군에게서 들었다.

뿐만 아니라 그날 밤 그의 친구인 어떤 백작 3세의 장원 만찬에 초대되어, 마침 한 일본 여자와 잠시 동거 중인 아주 잘생긴 서러운 얼굴의 장년 총각인 주인을 만나 보고 신비하게 느끼고 있었는데, 뒤에 라이언 군의 말을 들으니, 그는 이 시에 보이는 그대로의 인생을 살아온 사람이었다.

바티칸궁 피에트로 성당의 조상彫像 〈피에타〉를 보고

—그 작자 미켈란젤로를 찬양하여

미켈란젤로!

불멸하는 마음이

늙지도 죽지도 못해

늘 항상 젊어 살아 있어야 함을

보고 알던 그대

정말 기특하여라.

서른세 살에 십자가에 못 박혀서

숨넘어가 내리운 아들의 시체

안고 있는 성모 마리아의 얼굴을

처녀 때 그대로 젊게만 그린

미켈란젤로

그대는 참으로 밝은 눈을 가졌어라!

머언 여행에서 지쳐 고향에 돌아와

잠덧도 좀 하고 꿈도 좀 꾸며

한잠 늘어지게 자고 있는 것같이

주님 예수 그리스도의 시체를 그린 미켈란젤로

그대는 동양의 영생을 잘 아는 사람이어라.

불경도 도덕경도 못 읽은 줄 아는데,
미켈란젤로
그대는 진짜 천재로다.
우리 한국 옛 신선의 옥색옷 한 벌
길이길이 걸치고 살 만하여라.

* 로마 바티칸 시국의 피에트로 성당에 있는 미켈란젤로의 조각 〈피에타〉의 의미는 자비다.

필요한 피살

—로마의 쿠오바디스 성당 앞에서

예수의 수제자 베드로가
로마 교회를 세우러 로마에 왔다가
폭군 네로의 기독교도 대학살 때를 만나
겁 집어먹고 뺑소니치던 발바닥이
문득 멈추며 디디었던 발디딤돌.

"이래서는 안 되겠구나!" 뉘우치던 베드로의
두 눈이 우러러본 하늘의 구름장 사이
역력히 살아 걸어오시던 주님의 전신全身.

"주님 어디로 가시옵니까?" 베드로가 물으니
"이제는 아무도 십자가에 못 박힐 사람이 없어
내가 두 번 다시 못 박히러 간다" 하시던
그 단호턴 주님의 말씀.

그래서 베드로는 로마로 돌아가서
그 필요한 피살을 참아 견디며 당하였고,
서양에 천주교는 비로소 큰 뿌리를 내렸던 사실.

—이런 일들을 곰곰이 생각하며 느끼며
내 오늘은 로마의 쿠오바디스 성당 앞의
베드로의 발드딤돌 옆에 우두커니 섰나니,

서양에 와서 인심을 사자면
수壽하는 것은 아예 생각을 말고
필요한 피살감으로나 살 것인 것만 같어라.

* 쿠오바디스 성당의 '쿠오바디스'란 말은 '쿠오바디스 도미네', 즉 '어디로 가십니까? 주여'에서 '주여'를 생략해 붙인 것이다.

로마 근교 수풀가의 님프들의 모닥불

로마 근교의 수풀에 밤이 들면
옛 님프들의 모닥불
요새도 여기저기 잉글거리네.

그대 만일 그대 마음속에 한 마리 사티로스가 되야
숫염소 꼬리라도 하나 만들어 달고
어슬렁어슬렁 그 모닥불 찾아가서
두 손 포개어 그 불 쬐고 섰노라면
무에서 유가 생겨나듯이
"에그머니나!" 이쁘장한 소리 지르며
그 님프의 하나는 자네 꺼로 나오네.

하지만 그 언제부턴가 로마 숲의 님프들도
그 빌어먹을 놈의 배금주의에 물이 들어
요새는 몇십 불씩 요금을 내라네!

그래 그대 사티로스 사내여.
그대가 만일 옛날 사티로스 그대로

갈피리라도 하나 또 지니었다면

한 가락의 엘레지가 안 될 수는 없으리.

* 님프(Nymph)는 그리스 로마 신화에 나오는 산천의 정기를 나타내는 여형女型의 요정. 떼를 지어 공기 속에 육안에 안 보이게 잠재해 살고 있다고 전해온다.

사티로스(Satyros)는 추수의 신이고, 또 인간의 주관적 열락과 춤을 맡은 신이고, 주신酒神이기도 한 디오니소스, 일명 바커스의 뒤를 추종해 따르는 심히 호색적 양신羊神. 이들은 산양의 뿔과 꼬리와 발톱을 가지고 얼굴은 사람 모양으로 생겼다고 하며, 이들도 또 떼지어 몰려다니며 님프들 곁에 가 뽀짝거리는 것이라고 이얘기로 전해져 오고 있다.

옛날 로마 시절부터 내려오는 유풍遺風이라는 로마 교외 수풀가의 창녀들의 모닥불을 보고, 나는 이상의 두 신들의 남루해진 기운을 느꼈던 것이다.

이 창녀들의 모닥불 가에 가서 사내가 불을 쬐고 있으면 그 수풀의 나무들 뒤에 숨어 있던 창녀가 나타나서 한때 같이 뒹구는 홍정을 하는 걸로 되어 있다고 한다.

쏘렌토 쪽

사내들이여 그대 나이가 쉰이건 예순이건
우리 쏘렌토 쪽으로 갈 때에만은
사철 열아홉짜리 휘파람을 날리고 가세.

그래야만 아직 산 여신들도 몽땅 감명하여서
올림퍼스 산 같은 것도 비워 두고서
여고 2, 3학년짜리로 둔갑하여서
낄낄낄낄 낄낄대며 가까이 와서
보이프렌드 하자고 덤비기도 하느니!

이 천지 이 영원에 늙고 죽지 않기로 한
영생자의 마음속에만 은밀히 오는 감로,
쥐도 새도 모르게스리 축여오는 감로로
동지섣달 꽃 핀 듯이만 살 수도 있느니……

사내들이여 그대 나이가 예순이건 일흔이건
우리 영생의 서방 문호 쏘렌토 항에 올 때에만은
사철 열아홉 살짜리 휘파람을 날리고 오게!

* 1978년 7월 6일 나는 이탈리아의 로마에서 나폴리와 쏘렌토 쪽으로 가는 관광버스에 몸을 실었더니, 바로 내 옆에는 하이얀 카츄샤 스카프를 한 점잖은 여신 같은 갓 젊은 서양여인이 앉아 있어, 이러니저러니 서툰 영어로 나는 쓰잘 데 없는 수다를 늘어놓고 있었는데, 뒤에 이 여자가 그 스카프를 벗어 저고리 옷깃에다 새로 매놓는 걸 보니, 그건 한 여고생의 목 리본이었다. 감로(Amrita)는 눈에 안 보이게 마음속에 내리는 불교의 불로불사의 약.

베네챠의 인상

산 사람의 살까지 전당 잡구서
돈을 빌려 주던 미련한 전당포장이도,
제 몸의 살을 전당 잡혀서
친구의 장가 밑천을 대던 속 좋은 젊은 놈도
아무렴, 아무렴,
이 얼떨떨한 물나라—베네챠 시엔 있었을 거야.

큰 거리란 큰 거리는 모조리 바닷물의 운하라.
택시나 버스 대신 곤도라 배들만 다니고,
눈 씻고 볼래야 자동차 한 대도 안 보이고,
해마다 두어 달의 장마철 해일에는
베네챠의 제일 큰 광장—산 마르코까지도
조수에 잠겨 곤도라 배가 드나드는……

그래서 천진한 아이들이나
아이들 같은 남녀들에겐
야! 참! 신바람 나는,
10년 만에는 2센티미터씩

해저에서 쓰윽 쓰윽 가라앉으시며 있는,
이 얼떨떨한 베네챠엔
셰익스피어의 그 곰 같은 이야기
틀림없이 있었을 거야.

그러신데, 상재주는 역시나 곰재주라구
쓱싹 쓱싹 쓱싹 쓱싹
쓱싹 쓱싹 손재주도 여기가 고만인 것은
해일마다 어느 용이 어느 곰한테 가르쳐 낸 것인지
대리석 집에 목조 대문 단 집의 그 월등한 꾸밈새도,
세계 일등 공주한테 선보러 갈 때 맬 넥타이도,
우리네 인생 다 늙어서 짚고 다닐 지팡이도,
여기 게 어느 때 어느 것보다도
제일 제일 이쁜 것만은
아무래도 아무래도 매우 수상한 일이야!

* 이 시에선 영국의 옛 시인 셰익스피어가 쓴 극시 『베니스의 상인』을 저절로 생각하게 되었고, 또 베네챠(베니스)의 그 세계 일품의 손재주와 바다의 물난리와의 막역한 친교의 끝을 생각해 보려고 했다.

휘렌체, 아르노 강 다리 옆의 단상

중세의 신권에서 해방된
혈색 좋은 미녀 호남들의
울긋불긋한 그림이며, 조각이며,
그들이 살던 다채한 대리석 집들이
옹기종기 모여 있는
르네상스의 제일 산지 휘렌체의
꽃 같은 대리석 깐 골목길들을 지나서
아르노 강 다리를 건너
멀리멀리 뻗혀 있는 행길을 보고 섰나니
이 다릿목에서 우리 시인 단테가
그의 구원의 애인 베아트리체를 만났었다는
이야기 하나 여기 덧붙여 놓은 것
참으로 기적같인 잘한 일인 것 같어라.

자유와 미가 옹기종기 모여서
살 부비며 아기자기 만끽타 보면
그것도 역시나 숨가쁜 일인 것인데,
골목길 저 멀리 풀도 우북한

끝없이 끝없이 뻗어가는 길처럼
단테와 베아트리체의 그 무한한 사랑 이야기 하나
정말로 적소에 놓여 뻗쳐 있어라.

파르테논 신전 앞에서

—아테네의 수호신, 팔라스 아테나를 생각하며

햇볕에 살아 있는 어느 남자 신보다도
슬기롭고 용맹하던 여신 팔라스 아테나여.
그대 아버지, 제우스 신의 정수리를 뚫고
투구 쓰고 탄생했다는 장부 같은 여신이여.
트로이 전쟁 때 그대 그리샤 연합군을
참 이쁜 승리로 이끌던 일 어제 같거늘,
무엇에 애코롬하여 이기는 일 다 작파하고
이리 오래 게으르기만 한 그 기인 기인 휴식인가?

그대, 이 세상에서 맨 처음으로 배도 만든 여신이여.
그 최초의 배나 타고
어느 바다에 떠돌고 있는가?
그대, 천지에 비로소 피리도 만들어 놓았던 이여.
그 피리나 불며 바람 따라 흐르는가?
아니면 그대 또 발명한 그대 자수나 도와서
아네테 뒷골목의 하염없는 여인들의
수틀 곁에나 가 구부정정 서 있는가?

히메투스 산 밑의 모든 아테네의 역사力士들이
그대 매력 때문에 모조리 엄처시하같이 되어
우악스레 메나르고 다듬고 깎아 세운
저 우람한 파르테논의 아람드리 돌기둥들의
그대 신전도 이젠 반나마 무너지고,
소멸하는 쪽의 영원을 재는 초침처럼
아크로폴리스의 덤불 덤불 덤불 속의
귀또리 떼 소리만이 자욱 자욱하거니……

장부보다 더 힘 좋고 더 슬기로와서
싸움보다 안 싸우는 게 더 힘센 것임을
인제는 살에 닿게 잘 아는 아테나여.
그대 19세기의 어느 때는
미국 시인 에드가 포오의 시 속에까지 들어가
까욱거리는 까마귀나 한 마리 머리에 이고
무심해만 있던 것도 나는 기억커니와,
지금은 어디 가 끼여 무얼 하고 있는가?
이제는 우리들 운수雲水에나 끼어서

어디 깊숙한 참선이나 안 가겠는가?

* 아시다시피 희랍 아테네의 아크로폴리스의 언덕 위에는 아테네의 수호신, 아테나를 모신 파르테논 신전이 오랜 세월의 퇴락 속에 잔해를 드러내고 솟아 있다. 이 시에 언급되어 있는 에드가 포오의 시작품 이름은 「까마귀」. 운수雲水는 물론 구름이나 물처럼 떠도는 인생의 뜻이다.

아테네 뒷골목에서

—보석상을 하고 있는 비너스를 잠시 만났드러니

도대체 몇억만 년이나 더 지내야만
비너스여 그대는 좀 철이 들 것인고?
팔라스 아테나 같은 전쟁의 여신도
이젠 마음을 고쳐 반전주의 편도 되고 있는 판국에
비너스 그네만은 아직도 여전히
스물두어 살짜리의 미인 놀음만 그칠 줄을 모르고
요새는 아테네의 힐튼호텔 뒷골목 같은 데서
보석상을 하면서, 또 신랑감을 물색하노라고
여념이 없이 기울어져만 있더군.
즈이 손녀 파이드라가
이붓아들한테 생피 낼 사랑을 하다 자살하고 만 것도
벌써 다 깡그리 잊어버렸는지
찾아오는 손님들한테 부지런히는 추파만 던지고 있더군.

내가 그네 속을 좀 떠볼 양으로
혼사용 반지를 하나 보이랬더니,
내 주머니 속 실력까지 다 눈치채고
뛰는 물고기를 단 은반지로다가 꺼내 왔는데,

내 가운뎃손가락에 끼어 주었다가는 쑤욱 빼어
제 가운뎃손가락에 갖다 끼어 보이며
오존 향내 싸아한 너털웃음만 터트리고 있는 게
바다의 파도가 수수억만년
혈육을 만들어 낳아 놓은 여자라는 건
달리 고쳐 놓을 생각일랑은
아예 꿈에도 내지 말아야겠더군.

이오니아 바닷가에서

—코린토스 장에서 산 갈피리를 불고 있으니

무성한 나무 그늘에서 소 세 마리 데불고
발가벗은 알몸으로 피리를 불고 섰는
목신牧神 팬이 하라는 대로 코린토스 장에서
나도 그 피리 하나 사 들고
이오니아 바닷가에 가 불고 서 있었더니,

그 거칠던 해신海神 포세이돈이
그 소리를 알아듣고
바다에서 솟아올라 귀띔해 주는 말이
"사실은 나도 요즘은 세월이 달라져서
그것이나 불고 소일하고 지낸다"면서
"듣고 싶건 나 따라서 들어와 봐라"더군.

그래서 어렸을 때 배운 개구리 헤엄으로
머리까지 몽땅 바다에 빠져들었더니
곡조는 뭍에 것과 좀 다르지만서두
피리 소린 틀림없이 그 피리 소린데,
옛 희랍이 만들어 낸 모든 것 중에서

이것 하나 철저한 간절히 살아

바닷속 깊이까지 아직 스며 있더군.

6
중·근동 / 호주 편

예루살렘의 아이들과 소고와 향풀

예루살렘 아이들은 대여섯 살이면 벌써 영생 연습에 열중하여요. 어린 이마를 땀으로 촉촉히 적시며 소고를 치면서 깡충거리는데, 그 소고는 딴 소고가 아니라, "할렐루야 영생하세. 하늘과 함께 영생하세. 소고 치며 춤추어 영생을 찬양하세" 한, 성경 속의 바로 그 소고니깐요. 그리고는 또 무어라더라? 영생의 냄새 나는 향풀을 찾아내, 그 어린 코에 대며 두 눈을 지그시 감는데, 야! 이거야 정말 우리들 외방外邦의 영생 대학생들보다는 한결 더한 상급생이더군요.

그러면서 그들은 그 소고와 향풀을 우리들 관광객들한테도 나눠 주며 팔기도 하는데, 이것 참 묘한 영생 선교이어요.

나자렛 마을의 인사말

어린 예수와 그 아버지 목공 요셉과
그 어머니 마리아가 같이 살던 자리에서
"잘 계시오." 내가 작별 인사를 했더니
안내인 할아버지가 그 인사말을 고쳐 주더군.
"나만 따로 잘 있을 게 뭔가?
나도 자네 마음속에 같이 끼어 가겠네!" 하고……

* 나자렛이라고 우리가 부르는 예수의 고향 나자레스 마을에 가면, 한가한 언덕 위에 예수의 아버님 요셉이 목공장을 하면서 그 아내 마리아와 아들 예수와 함께 살던 집 자리에 '성요셉 성당'이란 이름의 성당이 서 있다. 요셉의 옛 목공장을 방불케 하는 연장들도 몇 가지 놓여져 있다.

예수가 빵과 물고기를 몽땅 만드신 자리의 교회에서

아무껏도 없는 빈 책보를 털면
달걀도 비둘기도 생기어나는
요술은 좋다고 박수하면서,
어찌하여 우리 주 예수께서
떡 한 조각과 물고기 한 마리로
몇백 광주리의 떡과 물고기 만드신 것은
온당치 않다고 손가락질하나뇨?
"먹은 거나 진배없네"가 아니라,
"먹은 것보다 더 뿌듯하네"인
그 비상한 마음의 요기—그 다정다한多情多恨한 요기를
인색한 자여, 어찌 하필 그대는 인증하지 못하느뇨?

예수가 빵과 물고기를
즉석에서 몽땅 창조해 내신 자리의 교회
그 방바닥에 피어 있는 연꽃!
즈믄 해 피어 있는 그 연꽃 들여다보고 있다가
나도 또한 불가불
먹은 것보다 더 뿌듯이 배부른 자가 되었나니……

* 이스라엘의 가버나움—즉 카페르나움 가까운 곳에 자리하고 있는 이 '빵과 물고기를 몽땅 만드신 교회'의 실내 방바닥의 한쪽에는 언제부터인지 확실하지 않으나 우리가 불교 미술에서 많이 보는 그 연꽃들을 모자이크로 그려 놓은 것이 보여, 불교의 영생의 상징인 이 꽃이 여기서도 그렇게 숭상되었나 싶어 아주 대단히 감명 깊었다.

이스라엘제의 옷단추 단 것을 보며

텔아비브에서 이천삼백 원에 사 입은
혼방의 남방셔츠를
일천팔백 년 만의 이스라엘 광복과 아울러
이모저모로 뜯어보고 있다가
나는 드디어
그 단추 단 걸 보고 마음 놓았소.
천이 다 닳아 헤어지기까지는
절대로 절대로 떨어지지 않게
여러 겹으로 여러 겹으로 단단히는 달아 놓은
그 셔츠의 단추들.
할애비와 애비와 아들 삼대가 이어 입는대도
절대로 떨어지지 않게만 단 이 셔츠의 단추들
그걸 보고 비로소 마음이 푸욱 놓였소.

예루살렘의 통곡의 벽 앞에서

제아무리 혹독히 당한 망국민일지라도
천 년을 이천 년을 삼천 년을
굳은 벽에 주먹치며 통곡하고 있노라면
무서운 독립도 오긴 오는 것이군!

에레미아나 예수 같은 큰 귀신 함께
한 삼천 년 벽을 치며 통곡하면은
애무서운 독립도 오긴 오는 것이군!

바빌론에 제 나라가 망하는 걸 보고서
가슴 치며 울부짖던 에레미아의 벽.
로마에 제 나라가 망하는 걸 보고서
"귀신 되어 이기리라" 예수가 맹세하던
그 통곡의 벽.

그 벽에서 이스라엘 사람 거의 다 쫓기어 난 뒤
할 수 없이 온 세상을 떠돌아다니다가
정히 일천팔백 년 만에

인제는 한 무더기씩 두 무더기씩 다시 떼지어 돌아오나니,
돌아와선 두 주먹으로 이 벽을 치며
재기하여 나라 세울 걸 맹세하고 섰나니,

이스라엘이여!
그대 조국혼의 으뜸가는 불멸의 상징이여!

눈물의 귀밑머리만 우북히 자란
헐수할수없는 망국민일지라도
그 슬픔의 귀밑머리 땋아 하늘에 맹세하면서
천 년을 이천 년을 삼천 년을
고스란히 벽을 치며 통곡하고 있노라면
지독스런 독립도 오긴 오는 것이군!

* 이스라엘의 수도 예루살렘에 있는 이 통곡의 벽—오랫동안 이 겨레의 망국한의 비분의 눈물을 지켜보아 온 이 벽 앞에 가보면, 요즈음도 여러 代의 세계 떠돌잇길에서 조국에 새로 돌아와 조국 재흥을 하늘에 맹세하며 이 벽을 두 주먹으로 치고 서 있는 귀환자들의 무더기 울음소리가 들린다.

그들을 안내하고 있는 이곳 사제들은 두루 그 길게 기른 귀밑머리를 마치 우리나라 옛 처녀들의 머리채처럼 주렁주렁 땋아 늘이고 있었는데, 이건 그들의 심정을 그들의 하나님께 맹세하고 있는 것으로만 보였다.

토이기 신사의 지혜

이스탄불 거리에서
관광객이 택시를 기다리노라면,
영·불어가 능란하고 웃수염 좋은
토이기의 신사는 나타나서
"어느 쪽으로 가시옵니까?"
방향을 물으시지.
그래 그 방향이
운 좋게도 일치할락시면
"내가 그 택시 요금일랑은
반으로 보기 좋게 에누리 시킬 테니
같이 좀 타고 갑시다요."
점잔하게 흥정을 걸어 오시지.
그리하여, 관광객에겐 두루 갑절 바가지인
그 택시 요금을
영락없이 절반으로 에누리해 놓고는
웃수염 쓰다듬으시며 공으로 붙여 가시지.

* 편집자주—토이기土耳其는 터키의 음역어.

기자의 피라밋들을 보고

그 욕심
참
한번
대단했었군. 대단했었군.

어떻게
그대들 죽은 송장을
굴비같이 빼득빼득 말려서
한 만년 놓아두는 동안엔
산 숨결이 다시 돌아온다고
생각했는가? 생각했는가?
미련한 그대들, 옛 에짚트의 왕들이여!

어떻게
몇십 년씩 전 국민을 고역시켜서
그 엄청난 높이의 피라밋을 쌓아올리고,
그 맨 꼭대기 방에, 왕이여, 자네 미이라를 놓아둔다면,
그러고 그 피라밋 옆에

샛별이 늘 뜨게만 자리한다면,

왕이여, 자네는 그 자네의 알량한 육신으로 더불어

영원히 산다는 것을 어떻게 믿었는가, 믿었는가?

참 미련하고 억지였지만

또 기술 한번 참 대단했던

옛 에짚트여! 그 왕들이여!

낙타가 바늘귀를 들어가기보다도

천국에 들어가긴 더 어렵겠지만,

땅이 만든 모든 왕국 중에선

맨 처음으로

그 부귀복락의 투메함을 다했던 나라여!

* 에짚트의 수도 카이로의 기자 거리의 남서쪽 끝 사막에 자리하고 있는 세 개의 피라밑 중에 가장 오래고 큰 것은 케옵스 왕의 것인데, 이 속을 더 올라가 보면 그 맨 꼭대기방은 케옵스의 미이라 안치실이었던 걸 알 수가 있다.

나머지 두 개의 피라밑—즉 카프라 왕의 것과 멘카우라 왕의 것 사이의 공간에는 밤이 되면 샛별이 뜨도록 자리를 잡고 있다. 이것들은 고대 에짚트 왕국이 가장 왕성하던 제4왕조 시대에 세워진 것들로, 그러니까 지금으로부터는 약 사천오백 년쯤 전 무렵에 된 것들이다. 케옵스 왕의 피라밑은 그 높이만도 137미터나 되며, 저변이 230미터로, 한 개의 돌 무게가 2톤 반짜리의 바윗돌 230만 개를 포개어 쌓아 올린 것이다.

밤 카이로의 뱃살춤 집에서

천국도 영광도 다 그만둔 사람은,
신선에도 선녀에도 다 물린 사람은,
배포만 유들유들 살아남아서
어둔 밤 침실만이 달가운 사람은,
천하의 색골들, 도깨비 떼들은,
에짚트의 밤 카이로 뒷골목에 장 서는
뱃살춤 집으로나 한번 몰려와 봐라.

머리는 좋아서 그 무엇하노?
명리는 쌓아서 무엇에 쓰노?
가슴도 너무 쓰면 쓰려 오나니,
매끈매끈 뱃살에 기름기나 올려서
꿈틀꿈틀 뱃살춤이나 추며 살다 갈까나?

우리 밤 카이로의 뱃살춤 무희들은
나일 강 이무기 색시들같이,
나일 강이 흐르다가 뱃살이 꼴릴 때만
꿈틀꿈틀 못 견디어 꿈틀거리듯

카이로의 이 한밤을 지랄이 다 되어
그 뱃살 그 응덩이로만 만단사설 다 하노니

더 점잔해선 무엇에 쓰나?
더 골치 아파선 또 어디 쓰나?
코피나 줄줄줄 안 흘리겠걸랑,
천하의 색골들, 도깨비 떼들아
카이로의 밤의 뱃살춤 집으로나
우우우우 몰리어 한번 와 봐라.

* 내가 지난해 칠월 어느 날 밤에, 에짚트 수도 카이로 뒷골목에 있는 피라밑 여인숙이란 이름의 집에서 본 이 뱃살춤(Belly Dance)의 아가씨는 에짚트 태생의 슈솨드 양이었는데, 그네의 춤 기술은 이류 정도라는데도 굉장한 것이었다. 일류라면 그것 참 희한한 것일 게다.

에짚트의 하녀

에짚트의 하녀는
수영복만 입힌다면
정히 미스 유니버스 후보 가음으로,
무지갯빛 반미니의 원피스를 입고
두 발목엔 금발찌에 금방울도 다셨지.

그러구선 일월성신 그 어느 편보다도
아무래도 한밤중의 침실 편같이만
아흐 묘하신 푸라이드의 걸음 걸으시나니,

한 손에는 산 오리의 날갤 접어 드셔서
그 오리가 부르르르 몸을 떨 때마닥은
그녀 살도 부르르르 부르르르 떠시지.

* 이 시편에서 내가 표현하고 있는 이 에짚트의 하녀의 모양은 카이로의 박물관에 전시되어 있는 고대 에짚트의 미술품의 모양이지만, 이런 하녀들의 요소는 지금의 에짚트의 골목들에서도 역시 찾아볼 수 있는 것 아닐까 생각했다.

아라비아 사막도沙漠圖

곧은 칼도 휘어들어 환도環刀가 되는,
모래 불타는,
연애도 술도 자비도 용서도 다 처형되는,
아하! 섭씨 50도의 누깔 끓는, 누깔 끓는,
끝없는 사막!

이 환장할 어디선가?
남몰래 붙었다가 들킨 남녀가
모가지까지 모래 속에 묻힌 채
그 머리통 돌에 맞아 죽으며 외치는 소리만이
매우 아픈 꽃소리처럼 들릴 뿐,

거지 거지 상거지 도둑질한 거지가
그 손목 칼에 잘리며 울부짖는 소리만이
그 다음 꽃소리처럼 불하늘에 꼬슬릴 뿐,

알라 신의 특별 허가로
아내를 네 명씩이나 끼고 누워 낮잠 자는

오아시스 가장자리나

홍해 가의 밀방密房 속 복인福人들만이

비지땀 목욕하는 얄궂은 웃음 웃는다.

* 아라비아의 한여름 낮을 가서 겪어 본 이는 잘 알겠지만 섭씨 40도에서 50도가 되는 더위는 왕왕 있다. 그늘에 둔 차도 어쩌다간 쾅! 쾅! 폭발해 터지기도 한다.

여기 법은 간음 남녀를 하체로부터 모가지까지 사막의 모래 속에 묻은 다음에 그 드러내고 있는 머리통은 처벌자들이 에워싸고 빙 둘러서서 돌들을 던져 쳐 죽이도록 하고 있고, 또 남의 물건을 훔친 자들의 손은 그 손목에서 몽땅 싹둑 칼로 잘라 버리기로 되어 있다. 그리고 또 여기 법은 아내를 네 명까지는 가지고 사는 것도 허락하고 있는 것이다.

젯다의 석유 졸부

젯다의 사십짜리 석유 졸부는
코끼리 어금니의 지팽일 짚고
두둑한 콧수염을 매만지면서,
즈이 아범 나이는 넉넉히 되는
나보고도 손 까불어 오라고 하데.
허허허 이럴 수가 어디 또 있나?

'호로자식'이라고 불쾌했지만,
우리 일꾼 수만 명 받아 주었기
못 이긴 체 대지팽이 끌고 갔더니
대나무 지팽이는 처음 봤는지
제 것하고 내 것을 바꾸자 하데.
허허이 이럴 수가 어디 또 있나?

그런데 그 상아의 지팽이 값은
내 것보다 몇 갑절 비싼 것이라
그걸 셈해 꾹 참고 바꿔 줬더니
내 걸 짚고 살며시 으쓱하는 게

옥황상제보다도 한결 더하데.

허허이 이럴 수가 어디 또 있나?

* 사우디아라비아의 제1도시 젯다 공항에서 인도의 봄베이로 날아가려고 대합실에서 비행기를 기다리고 있던 중 나는 위의 시에 담긴 것 꼭 그대로의 일을 겪었다. 1978년 7월 31일 낮의 일이었다.

루나 파크에서 오페라 좌를 바라보며

—오스트레일리아 씨드니에서

달님이 음 보름날 농화장을 하시고
그 천한 오백 원짜리 속눈썹도 다시고
씨드니의 삼류 카바레를 다녀오셔서
피곤해도 안 피곤한 듯 서 계신 자리에서
나는 그네와 둘이 오페라좌 모양을
강 건너 멀리멀리 바라보고 있었지.
참 하염없다면 하염없는 일이었지.

오페라 좌는 비너스가 태어난 조개껍질들인데,
비너스는 그 손 위의 그 빼꾹새 데불고
지금은 어디 가서 울고 있는지
그 자리엔 눈꼽만큼도 보이지 않고
시멘 콘크리트 다 된 조개껍질들만
비너스! 비너스! 하며 울고 있었지.

비너스를 살찌워 키우고 있던
그 만년의 바다의 파도의 소원들도
인제는 하늘론지 저승으론지

"가겠쉬다! 가겠쉬다!" 속삭거리고……

* 오스트레일리아의 씨드니 항에 있는 루나 파크는 물론 달님 공원이라는 뜻으로, 이 공원 입구에는 달의 여신의 모양이 그림과 조각을 합한 모양으로 다채히 채색되어 표현되어 놓여 있는데, 밤에는 그 두 눈에 전깃불을 켜 효과를 돋구고 있다. 농화장한 것 같은 얼굴이 묘해 보인다.

이 루나파크에서 바닷물의 강 너머에는 씨드니의 명물 오페라 좌가 솟아 있는 게 잘 보이는데, 이 오페라 좌는 우리가 서양 문예 부흥기의 화가 보티첼리의 그림 〈비너스의 탄생〉에서 보는 것과 흡사한 큰 조개껍질—비너스를 탄생시킨 그 큰 조개껍질들을 여러 개 포개어 볼품 있게 열립시켜 놓은 것같이 생겼다.

방랑하는 한 젊은 벽안碧眼 여인과의 대화

—씨드니에서

방랑의 여인

담배 한 가치 노나 주겠니?

나

좋아. 이왕이면 내가 피우던 걸 받아 피워라.

방랑의 여인

그러자. 그 대신 강 건너갈 차비도 좀 보태다우. 나는 시방 그 '돈'이라는 게 한 닢도 없다.

나

그러자. 그런데, 그럼 넌 도대체 무얼 가지고 사니?

방랑의 여인

그림이다. 눈에 보이는 것 중에는 그래도 이쁜 것이 있어서 그걸 그리고 산다. 날아가는 새, 피는 꽃, 머흐는 구름덩이, 그런 게 제일 좋아 그리고 산다(그네는 한 팔에 끼었던 그림책 한 권을 내게 건넨다).

나

(크레용으로만 그린 그 유치한 그림책을 주욱 한번 훑어보고 나서)

야! 이건 모두 코흘찍이 어린애가 그린 것 아니냐?

방랑의 여인

얘! 너는 그럼 뭐니? 난 어린애 때 마음이 본마음이라 그걸로 그린다. 어쩔래?

나

네가 맞은 것 같다. 으떻냐? 어디 꽃수풀 속으로나 한번 같이 들어가 볼래?

방랑의 여인

좋다. 그러자(그래 둘이는 나란히 걸어가서 어느 수풀 속의 꽃나무 그늘에 선다).

나

(한참 동안 침묵한 뒤에)

얘. 입이나 한번 맞추어 보자.

방랑의 여인

(그네를 향해 두 팔을 벌리고 대어드는 내 가슴을 두 주먹으로 떠밀어 내며)

뭐이 이래? 마음속에 알량한 여드름이나 송알송알 돋아내 가지고?

저만큼 냉큼 비켜서지 못할까!

나하고 네가 만일 친구가 되려거든

나이를 좀 더 많이 거꾸로 먹어라.

그래, 한 아홉 살이나 열 살쯤이 되거들랑

그때 보자. 굳바이! 이 여드름쟁이 멍청이야!

* 1978년 8월 15일 — 우리 해방 기념일 날, 오스트레일리아의 씨드니 항의 달님 공원에서 만난 이 집시 여인의 일을 회억해 보는 것은 지금도 내게는 맑게 개인 여수旅愁가 된다.

7
동남아 편

겁劫의 때

석가모니의 조국 네팔 사람들은
히말라야 산골 물로만 그 몸을 씻을 뿐
아직도 거이 세숫비누를 쓰지 안 해
삼삼하게는 고은 때가 산 그림자처럼 끼였다.

오억 삼천이백만 년쯤을
하루쯤으로 잡아 살기 마련이라면
이건
제절로 그리 되는 아주 썩 좋은 것이라고 한다.

* 불교의 한 시간 단위인 겁—칼파(kalpa)의 하나씩의 길이는 이 땅의 시간 수로 치면
오억 삼천이백만 년에 해당한다고 전해져 내려오고 있다.

에베레스트 대웅봉大雄峯이 말씀하기를

사랑이 지극히 깊고 커다란 사람들이여!
사람 누가 너를 죽이려고 독을 먹였을지라도,
그래서 피 토하고 숨넘어가며 아파서 있을지라도,
아주 그 숨결이 온전히 네게서 떠나기까지는
그 독살자의 마음속의 독이
그대 사랑의 두두룩함을 받아 잘 풀리도록,
그리하여 그 풀린 마음으로 다시 그대를 이어 가도록,
거듭거듭 타이르고 타이르고만 있을지니라.
이천오백 년 전에
이 산골 태생의 사내 석가모니가 그랬듯이
타이르고만 있을밖에
딴 길은 아무껏도 아무껏도 없느니라.

* 석가모니께서는 80세 되던 해에 이미 망국이 된 그의 조국 네팔로 돌아오는 도중 '춘다'라는 한 철공의 집에서 끓여 준 독버섯국을 먹고 그 육신의 목숨을 잃었지만, 그래도 숨이 아주 넘어가기까지는 그의 영생하는 정신 생명의 까닭을 그 독살자에게 누누히 누누히 타이르고만 있었다.

살아 있는 여신 앞에서

이 대지 우에서는 오직 한군데—네팔의 히말라야 산중의 카트만두에만 살아 계시는 여신을 찾아 뵈면서, 나는 하늘에 연연戀戀히 높이 솟은 히말라야 산맥과 의견을 교환하여, 대략 다음과 같은 대화를 이심전심으로 나누고 있었다.

나

피 있고, 살 있고, 욕심 있는 산 사람보고, 어떻게 신이라고 하는가?

히말라야 산맥

피 있고, 살 있고, 욕심 있어도, 그걸로 아직 허물을 저지르진 않는 나이—열 살 미만의 아이들이라면 신의 항렬에 넣어도 좋다. 무엇보다도 웃음소리가 그득해, 허한 데 없으면 말이다.

나

그런데, 여기 계신 신은 왜 사내가 아니고 계집애인가?

히말라야산맥

사람은 누구나 여자가 낳으니까…… 허지만 그보다도 더 중요한 이

유는 계집애라야만 그 웃음소리가 훨씬 더 꽃다워, 귀신도 웃길 만한 힘을 가졌으니까……

나

신의 나이는 마음적으로 영원인 걸 안다. 어찌하여 하필이면 아홉 살쯤을 골라 그 영원세永遠歲의 대표로 삼는가?

히말라야산맥

석가모니의 애제자였던 유마가 "제아무리 적은 겨자씨에도 히말라야 산정기는 그득타"고 한 그 말의 뜻을 잘 기억하고 있겠지? 그런데 우리들 생각으론 그 겨자씨의 항시 현재의 나이는 비유하자면 아무래도 아홉 살이나 여덟 살쯤만 같은 것이다. 영생하는 마음의 항시 현재의 나이 꼴도 이쯤 잡아 보는 것이 온당하지 않겠느냐? 이 세상살이의 나이에 여드름이 돋기 비롯할 때부터는 벌써 거기엔 아지랑이니 뭐니 그런 것들도 끼어 어른거리기 망정이니까……

* 네팔의 수도 카트만두 시내에서는 어린 계집아이들 중에서 뽑은 그 '산 여신'이 지금도 힘을 부리고 있다. 일정 액수의 요금을 내면, 그 여신은 목조 2층의 열리는 창가에 무에서 유가 처음 생기듯 어김없이 그 모습을 드러내신다.

히말라야 산 석류

이 세상에서 제일로 두두룩히 높은 산—히말라야 산은 이 세상의 마을 일들을 늘 항상 굽어보고 살면서, 동서양의 모든 남녀노소들의 로맨스의 에쎈스만을 슬그머니 슬그머니 증발시켜서, 히말라야 산 석류나무에 히말라야 산 석류들을 만들어 매어달았습니다. 매우 달고도 또 매우 신, 매혹하고 뇌쇄하는 홍옥빛의 석류알들을 그득히 담은 이 석류의 크기는 그래서 다 큰 한 쌍의 상사相思의 남녀가 단단히 단단히 둘의 손을 마주 잡아 조이고 있는 것만큼 한데, 점심 대신에 이것을 잡숫고 앉아 있는 사람들을 볼라치면 아하 무진의보살이여! 모두가 모두 무진의보살 다 되었습디다레!

미치겠는 세상 사랑의 만단사설이 아니라, 그 만단사설의 에쎈스만을 몽땅 다 빨아먹고 난 뒤의 '말은 해 무엇하나?'의 벙어리 되어 버린 무진의無盡意! '꿀 먹은 벙어리' 따위는 여기에단 감히 발도 못 붙여 보겠습디다레.

* 네팔 사람들은 점심이라는 건 거의 자시지를 않고, 히말라야 산 석류 같은 걸 주로 잡숫는데, 이 석류는 안 본 사람은 상상할 수 없을 만큼 크고, 달고, 또 싸다.

인도 떠돌이의 노래

집이라니요? 집이라니요?
하늘이 서러워서 비 내리는 날에는
절간에 지붕 밑에 그치면 되지,
집은 따로 하여서 무얼 하나요?

옷이라니요? 옷이라니요?
하늘옷은 바느질도 않는다는데,
구름처럼 두루두루 몸뚱일 감는
'싸리' 한 장 있으면 고만입지요.

밥이라니요? 밥이라니요?
굶는 것이 먹는 것보다 많아야
마음이 캬랑캬랑 맑는 겁니다.
먹는 것은 한 순갈! 굶는 것은 열 순갈!

삶이라니요? 삶이라니요?
갠지스 강물이 안 마르고 흐르듯
영원히 하늘 함께 흐르면 되는걸.

아들딸 이어 이어 흐르면 되는걸.

* 인도의 수도 델리거나 또는 캘커타거나 또 그 나라 어디를 가거나 많은 후조의 무리처럼 자욱이 떼지어 남부여대로 흘러다니며 집도 없이 용히 살아가고 있는 것은 참으로 엄청난 수의 그 인도 떠돌이 남녀노소의 무리들이다. 부지기수의 행려병사자들의 시신의 산더미를 아침마다 남기면서 그들은 열심히 열심히 떠돌고 있다. 그들이 길가에서 끼니때 무얼 사 먹고 있기에 보니, 그건 푸른 가랑잎 하나에 담긴 한 숟갈쯤의 퍼슬한 쌀밥 쬐끔이었다. 우리 돈으로 10원쯤 하는 것이라 했다.

인도의 여인

인도의 여자더러는 시간을 묻지 마라.
낮인가 밤인가 그것만 묻고,
오늘인가 어젠가 내일인가도
아예 아예 묻지를 마라.

낮이때거던
잘 피어 보이는 꽃을,
밤이거들랑
잘 숨어서 안 보이는 꽃을,
자세히 자세히 물어보아라.
그것만을 자세히 소근거릴 것이다.

"너이 값이 얼마치냐?"고 해도
그런 것은 더구나 그네들은 모른다.
플러스 무한정이나
마이너스 무한정이나
주먹구구로 거의거의 마찬가지로 안다.
가령 어느 외국의 잡팽이 사내가

인도 창녀를 하나 데리고 자고 나서

“얼마 주랴?”고 물어보아도

그런 액수조차도 그네는 깡그리 모를 것이다.

우중雨中 캘커타의 자이나교 사원

비 내리는 캘커타 자이나교의 여신은
일찌감치 저녁 술참 때부터
핏빛 초생달을 눈썹 사이 띄우시고,
엷은 수묵의 아스라한 눈망울로
옥수玉手에 옥퉁수만 자즈라져 부시나니,
그 가락에 공작새도 함추름해 날으나니,

아흐 아흐 아흐흐 어찌하리요?
치자 꽃물 잘 들인 명주 홑이불
말아 덮고 말아 덮고 낮잠이라도 자얘지.
아흐 아흐 아흐흐 낮잠이라도 자얘지!

그리하여 비 내리는 저녁 나절 캘커타의
자이나교의 중들은 대문을 잠그고
드르렁드르렁 낮잠들을 주무시는데,

찾아든 나그네가 그 대문짝 두들기면
부시시시 눈 비비며 나오기는 나오지만,

"하나만 사라"고 내미는 걸 볼작시면

그것은 그 거나한 여신도女神圖 하나뿐이지.

* 캘커타의 자이나교 사원에서는 이쁜 인도 여인이 옥퉁수를 불고 있는 그림을 손님들한테 팔고 있는데, 그들의 말로는 이건 여자도 남자도 아닌 신이라고 하지만, 누구의 육안에나 그건 여자라도 아주 이쁜 여자로서, 그 두 눈썹 사이에는 가느다란 핏빛의 초생달이 떠오르고 있다. 사람들의 혈맥의 피와 깊이 관계 시켜 보다가 보니 달빛도 고로코롬 착색한 것 아닌가 한다.

간디 선생 기념박물관 유감

백 원짜리 우리 국산 파이로트 잉크병만 한
다 말라붙은 잉크병이 하나,
다 닳은 펜이 한 자루,
그러고는
배고플 때 손수 빵 구워 자시던
쬐그만 철남비 하나와
접시 몇 개,
물푸레나무 지팡이 하나와,
몇십 년이나 신은 것일까
바닥이 다 닳은 쌘들 한 켤레,
그러고 끝으로 남기신 것은
흉탄에 피 묻은
무명 '싸리' 옷 한 벌뿐이더군요.
당신이 이 땅에 나서 살다가
이 땅에 남기신 전 재산은……
인도 유사 이래의
단 두 번째의 성인이시여!
"입은 양같이 생겼으면서?!"

당신을 쏜 흉탄보고 마지막 하시던 말씀

아직도 하늘에 살아

귀에 쟁쟁합니다.

* 뉴델리의 한쪽 귀퉁이에 있는 간디 선생 기념박물관에 있는 얼마 안 되는 유품들의 수를 혹시 나는 한 가지쯤 더 보태 놓은 것만 같아 걱정이다. 그렇게 그것들은 몇 가지 안 되는, 너무나 초라키만 한 것들이었다.

내가 그를 '인도 유사 이래 단 두 번째 성인'이라고 한 까닭은 이천오백 년쯤 전에 이 나라에 네팔 출신의 성인 석가모니가 먼저 계셨음을 헤아리고서 한 소리다.

태국 여자들의 춤을 보고

난들 난들 난들 난들 니나니……

난들 난들 난들난들 니나니……

난들난들 난들난들 난들난들 니나니……

니나니…… 니나니……

아이고나 답답워라

그놈의 '니나니'가

조끔만 더 뻣세여도 좋을 것인데!

'니나니!' 나오셔도 좋을 것인데!

난들 난들 난들난들

뼈도 살도 그저그저 난들 난들뿐……

아하……

악어를 타는 기사騎士

태국의 기사님은
악어를 특히나 잘 타시는데,
한참을 신바람나 타고 달리는 걸 보면은
노랑나비 흰나비 또 호랑나비
한 무더기 나비 떼로 둔갑해 있더라.
사르르르 날아났단 또 모여 엉기는
꿈속의 나비 떼로 둔갑해 있더라.

태국 코끼리

태국의 코끼리는 절을 잘합니다.
즈이 엄마 아빠에게는 물론,
즈이 새끼들한테도 아주 썩 잘 절을 합니다.
친한 중생들에겐 물론,
안 친한 중생들에게도 언제나 절을 합니다.
눈에 보이는 것엔 무엇에게나,
눈에 영 안 보이는 것한테도
매양 빈틈없이 절을 잘합니다.
그리하여, 이 시간과 공간의 원근 사이에서
그들은 비교적 무사한 독립을 누립니다.

* 태국 방콕의 메남 강가에서 굽신굽신 절을 잘하는 코끼리를 보니, 몇 해 전인가 우리 해인사 백련암의 수도 노승 성철 스님이 "절을 잘할 줄 알면 시에도 좋을 것이다. 우선 한 삼천 번만 먼저 해 보아라." 말씀으로 내게 극진히 권해 주시던 게 생각이 났다. 원래 절을 잘할 줄 모르던 나인지라, 이 태국 코끼리의 끊임없는 절과 이 태국의 무사했던 독립과 성철 스님의 말씀을 아울러 곰곰히 생각해 보노라니 그게 많이 그럴싸하게 느끼어졌었다.

장개석 선생의 능을 다녀오며

자호慈湖의 장개석 선생 능을 참배하고 오는 길인데, 초라한 차림의 택시 운전수는 이곳 명물—두부 말림을 한 봉지 사서 외국의 관광객인 내게 선사하였다. "살다가 보면 별난 운전수도 다 있는 것이로구나" 감탄하며 와서, 여관 앞에 내리어 택시 삯을 내려 하니, 그는 또 아주 기분 좋은 너그러운 눈웃음을 하며 그것도 1/3쯤 에누리해 주면서 "우리 장 총통님을 너는 정말로 좋아하는구나. 너 같은 외국사람들한텐 에누리해 태우고 있다. 아무 염려 마라. 딴 쪽에서 더 벌면 되는 것 아니냐?" 하는 것이었다. 장개석 선생의 중화민국의 후예들은 손쓰는 게 역시나 두두룩하다.

오래의 고사족 여상

오래의 고사족 장사꾼 여인네들은
비 내리는 날은 관광객들에게
무료로 먼저 이쁜 우산을 빌려 주지.
"받고 가 구경하고 가는 길에 들려요."

그래서 가는 길에 그 우산을 돌리며
그냥 가기 미안해 한두 가지 사 주면
"하룻밤만 여관에서 묵고 가세요.
히히히 밤 되걸랑 찾아갈 꺼닙시요."

그래서 여관에 가 밤이 되도록
군침을 삼키면서 기다리고 있으면,
또 한 보따리 싸들고 와 이것저것 보이며
"사 주세요. 단 한 가지만이라두요."

그래서 할 수 없이 또 몇 가지 사 주면,
주섬주섬 보따리 챙겨 들고서
산족제비 달아나듯 후다닥딱 달리며

"고마워요. 안녕히 주무세요 응?"

* 편집자주—오래烏來는 타이완에 있는 온천마을 우라이(Wulai)이며, 고사족高砂族은 타이완의 원주민인 고산족高山族을 뜻한다.

중국의 자유시인 주몽접 씨

천하 자유의 시인 주몽접周夢蝶 씨는
타이페이 시 구석의 가로수 그늘에서
날이 날마다 여남은 권 책을 펴놓고
이것저것 뒤적이며 시의 명상에 잠겨 있습니다.
기나긴 날들을 이러고 앉아서
한 권이 팔리면 한 권어치만을,
두 권이 팔리면 두 권어치만을,
그날의 먹이값과 숙박료로 씁니다.
싸구려 여인숙의 공동 숙박실의 숙박료로 씁니다.
남의 초대는 갚을 길이 없으니까
아무 데도 전혀 참석틀 않는데,
언제 어느 산골에 가 빨아 입는 것인지
그의 무명옷은 언제나 깨끗합니다.
남과 악수할 때의 그의 손아귀의 힘은
언제나 상대방을 아프게 할 정도로 세고,
또 누구를 쳐다볼 때의 눈초리도
역시 그렇게 무척 셉니다.
"여자도 하나 이뻐해 가지고

아이도 나 보아야 할 것 아닌가?"
내가 넌지시 물었더러니
"내사 그럴 수가 있긴 있지만
어느 누가 안 아프다 따라오는가?"
탄탄한 이빨로 웃기만 합디다.

나라의 동대사 대불전 지붕을 보며

일본 나라[奈良]의 동대사 대불전
지붕 끝을 유심히 보고 있노라면
"과한 것은 덜된 것만도 못하니라"니,
"장대 끝에 올라가서 다홍치마 입고 놀기"니,
그런 옛 말씀들이 제절로 생각이 나지.

하늘 밑에선 아직도 제일 큰 기와집인 동대사.
하늘로 금시 날아갈 날개쭉지의 곡선을 지닌
우리나라의 버선코 같은
우리나라 기와지붕의 구배 그대로의 동대사 기와지붕.

그런데 이 무슨 우자인가?
일본인들의 마음은 무슨 놈의 금상첨화기에
그 우아한 지붕 꼭대기에
황금의 뿔따귀를 두 개씩이나
얼렁뚱땅 만들어서 달아 놓았는가?

일본 사무라이 대장의

무서운 투구 꼭지에 달았던 것과 꼭 같은

이 무서운 황금 뿔에 받혀서

어느 하늘론들

어느 인심 속으론들

어떻게 마음 편히 날아다닐 수나 있겠나?

* 나라 동대사東大寺의 대불전은 1709년에 지은 것으로, 목조의 기와집으로는 이것이 현재 세계에서 첫째로 큰 집이라고 하며, 이 안에는 높이 16미터나 되는 이 역시 지금 세계에서 가장 큰 금동제의 부처님이 모셔져 있다. 이 대불전의 2층으로 된 지붕의 구배는 우리나라 것들과 방불한 아취 있는 것이나, 그 맨 위의 지붕 꼭대기에 두 개의 금빛 뿔을 달랑 달아 놓은 건 옛날 일본 무사들의 투구에 달던 그 뿔과 흡사하여서 내 보는 눈엔 거슬려 보였다. 멋이라는 것도 이렇게 나타나면 보기에 거북스러운 것이다.

교오또 용안사 석정의 돌 배치를 보고

망망한 대해에
드문드문 돌출한 바위들을 딛고 뛰며
호랑이 한 마리가 그 새끼를 데불고 가나니……

아슬……
아슬……
아슬……
아슬……
이키키……
이키키……

진땀 나고, 치 떨리고,
치 떨리고, 진땀 나고,

과연
이 일을
어쨌으면 좋으랴?

* 일본 절간들에 더러 있는 석정石庭 가운데서 교오또[京都] 용안사龍安寺의 이 석정도 꽤나 유명한 것의 하나라고 하는데, 이 석정의 이름은 '호랑이 새끼 건네 주기'라고 한다. 끝없는 바다 위에 여기저기 드문드문 솟아나 있는 바위들을 디디고 호랑이는 그 새끼를 가르치며 인도해 가야 한다는 심히 모험적인 주제로서, 이것도 매우 일본적인 양하여 재미있었다.

도오꾜 아사꾸사

도오꾜 아사꾸사에서는
절간 문기둥도 새빨간 선지핏빛,
문 이름도 요란스런 '천둥 벼락'.
그 문간 드나들며 아이들에게
밥풀과자를 파는 행상 남정의 언동도
대장군 각하 언동 그대롤네라.

어디서 어찌 망한 귀부인들 걸
어디서 어떻게 해 베껴 내온 것이냐?
금빛 은빛 투색한 헌 여복女服의 산더미.
그 옆에선 쓱싹쓱싹 종일 칼 가는
일본도 일본도 일본도 장사치들.

여기 시인 바쇼[芭蕉]도 읊조렸듯이
봄에는 사꾸라꽃도 좋은가 본데,
한 오뎅집 들어가 한잔 하며 보노라니
안주인은 마흔 살, 밖주인은 일흔 살,
사꾸라꽃 밑에서 한동안 좋았겠는데

인제는 처시하에 사내는 슬슬 기더라.

양기가 쇠퇴한즉 아사꾸사는 없더라.

* 도오꾜의 서민들의 마을—아사꾸사에는 아사꾸사지[淺草寺]라는 이름의 절이 세워져 있는데, 핏빛 기둥들을 가진 대문간 한가운데엔 '뇌문雷門'이라는 먹글씨를 큼직하게 쓴 역시 핏빛의 큰 종이등이 걸려 있었다.

오사까 역 화장실에서 보니

햇빛도 잘 안 드는 구중충한 오사까[大阪] 역 화장실 오줌통들 옆에서 빼짝 마른 장발의 수재형 청년이 혼자 디스코 춤에 빠져 열심히 맴돌고 있었습니다. 그에게는 오직 한 가지 디스코 춤뿐, 다른 것은 아무껏도 보이지도 생각키지도 느껴지지도 않는 듯, 열심히 열심히 응뎅이를 흔들고 두 발을 몽그작거리며 맴돌고 맴돌고만 있었습니다.

딱하다면은 많이 딱하고, 웃긴다면은 또 많이 웃기는, 인류사회 어디에서도 볼 수 없는, 이런 장소에서까지의 이런 몰입—그것이 일본의 본모양의 아주 중요한 것인 것만 같았습니다.

미당 서정주 전집 2

1판 1쇄 발행 2015년 6월 30일
1판 3쇄 발행 2019년 3월 25일

지은이 · 서정주
간행위원 · 이남호 이경철 윤재웅 전옥란 최현식
펴낸이 · 주연선

자료 및 교정 · 김명미 사유진 노홍주
표지 디자인 · 민진기 본문 디자인 · 권예진

(주)은행나무
04035 서울특별시 마포구 양화로11길 54
전화 · 02)3143-0651~3 | 팩스 · 02)3143-0654
등록번호 · 제 1997-000168호(1997. 12. 12)
www.ehbook.co.kr
ehbook@ehbook.co.kr

잘못된 책은 바꿔드립니다.

ISBN 978-89-5660-888-4 04810
978-89-5660-885-3 (전집 세트)
978-89-5660-886-0 (시 세트)